原创版
DUZHEYUANCHUANGBAN

生命是一场孤独的旅行

《读者·原创版》杂志社/主编

驾一叶扁舟，沉迷于游鱼飞鸟
万物随时光流转，我心却依旧
生命是一场孤独的旅行
因为懂得，所以慈悲

敦煌文艺出版社

图书在版编目（CIP）数据

生命是一场孤独的旅行/《读者·原创版》杂志社
主编. — 兰州：敦煌文艺出版社，2013.12（2022.12 重印）
　　ISBN 978-7-5468-0633-4

　　Ⅰ. ①生… Ⅱ. ①读… Ⅲ. ①散文集–世界 Ⅳ.
①I16

中国版本图书馆CIP数据核字（2013）第295167号

生命是一场孤独的旅行

《读者·原创版》杂志社　主编

图书监制：刘　峰
责任编辑：李恒敬
选题策划：吴小丽　刘　燕
特约编辑：周亚菲
封面设计：马顾本

敦煌文艺出版社出版、发行

本社地址：(730030)兰州市读者大道568号
本社网址：www.dhlapub.com
0931-8773084(编辑部)　　　　0931-8773235(发行部)

北京市兴怀印刷厂印刷
开本 787 毫米×1092 毫米　1/16　印张 14.25　字数 140 千
2014 年 1 月第 1 版　　2022 年 12 月第 2 次印刷
印数：10 001 ～ 20 050

ISBN 978-7-5468-0633-4
定价：28.00元

蓦然回首

华丽蜕变

因为有你

简单快乐

我本平凡

蓦然回首

徒步旅行

文_罗伯特·路易斯·史蒂文森

我们一定不要像有些人那样，认为徒步旅行只是观赏乡村风景的一种更好或更坏的方式。其实观赏山水风景有很多选择，而且都很不错，但没有哪种能比得上坐火车观赏那样生动有趣，尽管一些附庸风雅之人并不赞同。

但是，徒步观光的确不是一个十分可行的方法。一个真正有兄弟情怀的人乘船出行时，并不奢求沿途有特殊的景观，而是怀着某种愉悦之情——从早晨充满希望、精神抖擞地出航，到夜晚平安、满足地归航。他说不清是挎上还是卸下背包哪一种更快乐。起程时的兴奋让他一心想着终点。不管他做什么，得到的都不仅仅是事物本身，一定也会在未来得到更丰厚的赏赐。

因此，快乐带来另一种快乐，源源不断。关于这一点，只有少数人能够明白，大多数人不是长期待在一个地方不动，就是顷刻数里。他们不会将两者折中，而是终日劳碌奔忙。而且，最重要的是赶路之人不能领悟旅游的乐趣。

这种人，自己对着酒罐痛饮时，见到别人用小杯子喝酒就会心生反感。他不会相信，啜酒才能品出酒的醇香；也不会相信，拼命赶路只会让自己变得麻木、冷酷无情；晚上回到客栈感觉筋疲力尽、头脑昏沉。他不像悠闲的漫步者那样觉得夜晚温和迷人。上床大睡与双份睡前饮料是他仅有的生理需要。如果他是个吸烟的人，甚至连烟斗也会变得索然无味，没有诱惑力。在追求快乐的过程中，这种人注定要事倍功半，并且最终与快乐无缘。总之，他如同谚语中所说的那种人——走得越远越糟糕。

那么，要好好地享受旅行，徒步旅行者需要力求独自前往。如果你成群结队或结伴而行，那就不再是徒步旅行，只是徒有其表罢了，更像是大自然中的一次野炊。徒步旅行应单独前往，因为它的本质是自由，这样你就能随时停下或继续前进，按着自己的心情选择这条路或那条路；你必须有自己的步调，既不需要跟紧步履匆匆之人，也无须在女孩身上浪费时间。然后，你一定要敞开胸怀，让所见之物为你的思想添彩。你应该像一支任一种风都能吹响的笛子。

哈兹里特曾说："我不能体会行走与谈论同步的乐趣。当我身在乡村时，我向往简单纯粹的生活，就像村民们一样。"这正是独自旅行的内涵。在你的身边，不该有嘈杂之声打破清晨沉思的寂静。一个没有停止思考的人，是不会全身心地沉醉于来自户外的美好景致之中的。这种沉醉起始于思维的眩晕和停滞，最终进入一种超凡的平和境界。

任何形式的出游，第一天总会有些苦涩的瞬间。旅行者对他的背包态度冷淡，几乎想要把它抛到篱笆之外时，会像基督徒在类似情形下的做法一样——"跳三跳，继续歌唱。"并且，很快你就能获得出游的舒适心境。它会变得有吸引力，出游的精神也会投入其中。

于是，背包一背上肩，你残留的睡意就会顷刻全无，你立刻精神抖擞，大踏步地开始新的旅行。无疑，在所有的心绪中，选择道路时的那种心情是最好的。当然，如果他要继续考虑那些烦心事，如果他向阿布达的箱子敞开胸怀，与女巫同行的话，那么无论他身在哪里，无论疾走还是漫步，他都不会快乐。而且，这会给自己的人生带来多少遗憾啊！

如果现在有30个人同时出发的话，我敢跟你打赌，在这30个人中，你不会找到一个脸色忧郁之人。这是一件很值得去做的事情。试想，一个夏日的清晨，这些旅者带着夜色，一个接一个地上路了。

他们当中有一个步调很快的人，他的目光中带着渴望，全神贯注于自己的思绪中，原来他正在自发机杼，字斟句酌，将山水秀景再现于文字。还有一个人，边走边凝视着草间；他在小河边停下，去看看那里飞舞的蜻蜓；他倾斜着身子依靠在茅屋门前，看不够那悠闲自得的黄羊群。另外有一个人，他说着、笑着，对自己比画地一路走来。随着眼中闪现的怒火和额上的阴云，他的脸色在不时地变化着。

原来，他正在路边构思文稿，发表演说，进行着最激烈的会谈。再过一会儿，他极可能会引吭高歌。对他而言，假如在这方面不是很擅长，刚好又在拐角处碰上一个并不木讷的农民，我想不出还有什么比这更糟糕的情形，我实在不知道这位行吟诗人和那位农民谁更难受。久居室内的人通常不习惯去陌生的地方，也不能理解这些游客的乐趣所在。

我认识一个人，他曾被指控为疯汉，因为尽管他已是一个长着红胡子的成年人，但是走起路来仍像孩子一样蹦蹦跳跳。如果我告诉你，很多学识渊博的学者都向我坦白：他们徒步出游的时候都会唱歌，而且唱得很难听。当他们遇到上面的情况——与一个不幸的农民相遇时，都会羞愧难当，你一定会很吃惊的。

那一朵向你微笑的玫瑰

文_雷奥·贝松

从前，有一枝自出生起就始终带着微笑的玫瑰。

冬天，当凛冽的寒风吹来时，其他玫瑰都已冻得发抖或是凋零了，只有她仍带着自信的微笑，尽情地绽放着。

秋天，当大雨倾盆而泻时，其他玫瑰都因心情糟糕而枯萎，只有她依旧带着骄傲的微笑，尽情绽放着。

夏天，当烈日在炽热的天空中高悬时，其他玫瑰都无精打采地喘息着，甚至昏倒，只有她仍带着坚定的微笑，尽情绽放着。

春天，当无情的沙尘暴横扫大地，其他玫瑰全都伏倒在地时，只有她仍然带着淡然的微笑，尽情绽放着。

"做一枝乐观的玫瑰！"在恶劣的天气里，她会这样对她的伙伴说。他们听到了，但仍会凋谢、枯萎、喘息、伏倒。至于她是如何克服所有困难并一直微笑的原因，她们始终难以明白。她们无比钦佩地尊敬她，并将她尊为真正的玫瑰皇后。

但是，一个带着相机的男人在风雨交加的天气来到了这里。他听说了关于微笑玫瑰的一切，便故意挑了一个坏天气来看她。其他玫瑰都已被暴风雨打倒在地，只有微笑玫瑰仍面带笑容地站立在那里。这个男人因将要得到这张激励人心的照片而惊喜不已！

　　很快，他的脑子里就产生了偏见。于是，他对那些被击倒的玫瑰说："你们知道她为什么总是这样热情洋溢、面带微笑吗？"那些玫瑰稍稍挺了挺身子，瞪大双眼并摇了摇头。男人宣告说："因为，她是个坏蛋，她在这种天气将我引诱来，仅仅是为了让我赞美她而贬低你们。"

　　听到这些，玫瑰们都一跃而起，万分震惊地颤抖着。她们突然转向微笑玫瑰——她们的皇后，目不转睛地盯着她，目光中夹杂着愤恨、吃惊和些许鄙视。微笑玫瑰的笑容瞬间冻结了，相反那些玫瑰从她脸上看到的是心碎的极度悲伤。男人又说道："瞧，她的微笑是如何的多变！看她微笑的背后隐藏着什么？"微笑玫瑰昏了过去。

　　从此，即便是温暖的晴天，当其他玫瑰都在展示着自己的美丽时，微笑玫瑰再也没有笑过。相反，她常常悲痛地哭泣，于是人们就叫她"哭泣的玫瑰"。她真正的不幸却从未有人关心。人们只会停下来欣赏她那忧伤的美丽，然后就离开了。

　　在一个春天的早晨，来了一个小男孩。他发现玫瑰在哭泣，便问道："你为什么哭呢？"总算有人关心她了，于是，她竭力想给第一个关心她的人一个微笑，但过于悲伤的她无法说出一个字。小男孩很同情她，于是天天都去看她。他不清楚是什么促使自己和微笑玫瑰说话的，但从见她的第一眼起，他就喜欢上了她。他也不明白，为什么人们和其他玫瑰都对她不好。尽管她不像其他玫瑰看起来那样开心，但他就是觉得她与众不同，至于为什么，他也说不出来。

小男孩没有把每天去看玫瑰的事告诉妈妈，而只是跟她说自己和小伙伴在一起。但对于他的回答，亲爱的妈妈并不满意，于是有一天便暗暗地跟着他。知道一切后，她非常感动，并决定为儿子做点儿什么。几天后，当看到妈妈温柔地笑着正把一枝玫瑰种在花盆里时，小男孩非常震惊。他立刻就认出了哭泣玫瑰，看到她哭得无比伤心，没等妈妈问他是否赞赏这样的举动，小男孩就不耐烦地冲着她大吼大叫。后来，小男孩的妈妈说：“我以为你会喜欢……这样，你就不用跑那么远了。”

但事情已经无法挽回。小男孩决定好好照顾哭泣的玫瑰。他用玫瑰家乡的土装满花盆，并用收集来的雨水为她浇灌。他做得如此细致，但这一切还是没能挽回玫瑰的衰落。几天后，哭泣的玫瑰终于永远地安息了。

整整一夜，小男孩都紧紧抱着玫瑰花盆，当他醒来准备看她最后一眼时，竟然发现她在微笑。这个微笑从此便永远地印在了小男孩的脑海里，时间也无法将其冲淡——他一直珍藏着，却从不知道她曾被誉为“微笑玫瑰”。

你所记得的

文_戴比·法墨

当你的孩子是个婴儿的时候，你所记得的，是惊讶于自己创造出来的堪称完美奇迹的作品，并怀有不可思议的敬畏。你记得拥有大量时间去传授你所有的智慧和知识。你认为你的孩子会接受你所有的忠告而少犯错误，会比你孩提时聪明得多。你希望你的孩子迅速长大。

孩子2岁时，你所记得的是，你从不能单独使用卫生间，或者从没看过一部与动物无关的电影。你记得蜷缩在卧室与朋友通电话的那些下午，深信你的孩子会是毕业典礼上第一个身着套头衫的名牌大学毕业生。你记得你担心口袋里的那袋 M&M 会融化在衣兜里，毁坏你体面的衣服。你多么希望你的孩子更加独立。

孩子5岁的时候，你所记得的，是他第一天去上学，而你终于独自拥有了整个房子。你记得参加了家长会，当你离开会议室去洗手间时，你被选为会长。你记得，孩子问你："真的有圣诞老人吗？"你说："是的。"因为他还需要一段时间才能自己判断。你记得抖落沙发垫子，找出些零钱，这样牙齿仙子会过来带走孩子掉落的第一颗牙齿，你多希望孩子的牙都换成了恒牙。

孩子7岁的时候，你所记得的是合伙用车。你学会了在2分钟内化完妆，照着汽车后视镜刷牙，因为你只有等汽车停在红灯前才能给自己找出一点儿时间。你考虑把车子漆成黄色，放个"出租车"的标志在车库门旁的草坪上。你记得有几次下车后，有人盯着你看，因为你不断用脚踩油门加速，制造噪音。你多希望你的孩子能学会开车。

孩子10岁的时候，你所记得的是怎样组织学校的募捐者。你们兜售包装纸，所得的钱用来粉刷学校；卖T恤衫的钱用来添置新家具；为了在学校操场上种些遮阳树，你们劝人订阅杂志。你记得车库里有上百盒糖果等待出售，卖得钱后学校的乐队就可以购置新制服，可那些糖果竟全部融化在一起了，那个春天的下午简直太暖和了。你多么希望孩子快快长大，不再玩什么乐器。

孩子12岁的时候，你所记得的是，坐在体育场上看棒球练习赛，你希望孩子所在的队很快被淘汰出局，因为家里还有更重要的事儿等着你去做。教练不明白为什么你总是那么忙，你多希望棒球赛季很快过去。

孩子14岁时，你所记得的是，早上他不让你把汽车停在学校门口，你只好向前开过两条街，车还没停稳就赶紧打开车门。你记得在他朋友面前，你不能跟他吻别或者说话。你多希望你的孩子能更成熟些。

孩子16岁的时候，你所记得的是，吵闹的音乐和那些节奏感极强的尖声唱出的晦涩难懂的歌词。你多希望孩子快点儿长大，带着音响离开家。

孩子18岁了，你所记得的是，他们出生的那一天，拥有世界上所有的时光。

当你在寂静的房子里走来走去时，你猜想着他们去了哪里，你多希望你的孩子不要这么快长大。

生活要敢于梦想

文_曼纽尔·迪耶特

生命！这是上帝赐予人类的多么宝贵的礼物啊。我们应该为能生活在这样一个美好、充满生机和无限可能的世界里而感到幸福！然而，灾难降临了，这份"礼物"给人的感觉更像是一种诅咒、一场灾难。"为什么？为什么倒霉的是我？"我们不解。但我们永远无从知晓其答案，不是吗？

我7岁时得了霍奇金病（译者注：这是一种病因不明的疾病，特征为淋巴结及肝脾进行性肿大及贫血），只有六个月的存活时间，而我却奇迹般地战胜了病魔。运气、希望也好，信念、勇气也罢，总之，世界上有几千个这样的幸存者！我们这些胜利者知道答案——"为什么我们没有失败，因为我们控制了它！"癌症没能将我击垮。我与癌症并存。无论以后遭遇什么困难，我都不会恐惧了，因为天生我材必有用。

大二时，班上举行1英里赛跑。那一天我永生难忘。因为手术，我的腿上留下了很多肿块和疤痕。我怕别人嘲笑，在恐惧中生活了两年。整整两年，我都没穿短裤。但那天，我不在乎了。我准备好了——短裤，心理和思想也都早有准备。我来到起跑线前，周围立刻议论纷纷。"好臃肿！""真胖！""难看死了！"对这些议论，我充耳不闻。

然后，教练大喊："各就各位。预备。跑！"我像离弦的箭一样冲了出去，开始的20英尺里，我跑得比谁都快。那时，我还不太懂控制速度，那也没关系，因为我下定决心要第一个冲到终点。一共要跑四圈。第一圈时，跑道上随处可见同学的身影。第二圈快结束时，许多同学都放弃了，停下来拼命地喘着气。当我开始跑第三圈时，跑道上只剩几个同学了，我的步履开始蹒跚。第四圈时，跑道上就我一个人了。我突然意识到，并没有人放弃，而是他们都跑完了。跑最后一圈时，我哭了。我知道自己输给了班里的所有同学。跑了12分42秒后，我终于冲到了终点，跌坐在地上，汗如雨下。我简直羞愧难当。

　　突然，教练跑过来，把我抱起，喊道："你成功了。曼纽尔！曼纽尔，你做到了，孩子。你跑完了！"他手里挥动着一张纸条，注视着我。我忽然想起来了，那是上课前我交给他的，是那天我为自己制订的一个目标。他大声地把纸条读给大家听，上面简单地写着："我，曼纽尔·迪耶特，无论如何，都要完成明天的1英里赛跑。痛苦和挫折并不能将我击退。因为，上帝赐予了我力量，使我有足够的能力实现这一目标，相信自己一定可以。"署名为曼纽尔·迪耶特——在字母"D"当中，我画了一张笑脸，这是我署名的一个习惯。

　　我深受鼓舞，像吃了香蕉一样甜蜜，不禁破涕为笑。同学们都站起身来鼓掌，这是我生平第一次得到如此"礼遇"。就是在那时，我意识到，胜利并非总意味着最先完成某事，有时，仅仅完成某事也是胜利。

童年

文_列夫·托尔斯泰

快乐的，快乐的，不再回来的童年时代啊！怎能不让我热爱和珍视对你的回忆呢？这些回忆让我精神亢奋、心灵欢快，是我无限乐趣的源泉。

有时，我会回忆起流逝的岁月。那时跑不动了，我就在茶桌旁那把高背安乐椅上安逸地坐下来；夜深了，我早就喝光杯中的牛奶，迷迷糊糊地合上眼睛，静坐在那儿聆听妈妈在同什么人说话，她的声音是那么婉转优美！那声音不停地在我的心灵深处荡漾，让我想起那段美妙的时光。我用迷糊的睡眼渴望地看着妈妈的脸。

忽然，妈妈的身影逐渐变小，她的面孔缩小成了一个小点。可是，我依然可以看到她，她笑眯眯地瞥了我一眼。不知什么缘故，我喜欢看见妈妈变得这么小的样子。我眨了眨双眼，她的样子变得和瞳仁里的小孩儿一样大了。后来我被惊醒了，画面也不见了。我半眯着眼睛，举目四望，努力想使梦中的景象再现，却一点儿也想不起来了。我站起来，又马上惬意地躺回安乐椅上。

"你又睡着了，小尼古拉斯，"妈妈对我说，"你还是上楼去睡比较好。"

"我不想睡，妈妈。"我朦朦胧胧地念叨，我心里装的都是那些迷幻而幸福的梦想。还是小孩的我抵挡不住那浓浓的睡意，眼皮慢慢合了起来，刹那间就进入了沉沉的梦乡，直到最终被人唤醒。

朦胧间，我觉得有人用手在轻轻地抚摩我，这种触摸的感觉告诉我，是妈妈的手。睡梦中的我情不自禁地拉住那只手，把它牢牢地按在嘴唇上。所有的人都已经离开，客厅里只剩下一根燃烧的蜡烛。妈妈说，她要自己叫醒我。妈妈坐在我睡的那张椅子的扶手上，用她那温暖的手抚摸着我的头发，用我熟悉的、暖人的声音在我耳边说："起来吧，我的乖宝贝，该去睡觉了。"

她不会因为任何人嫉妒的眼光而有丝毫犹疑，她毫无顾虑地把她的全部温柔和慈爱赋予我。我合着眼，只是一次又一次地亲她的手。

"起来吧，我的天使！"

她的另外一只手搂住我的脖子。手指滑过脖子，让我觉得很痒痒。房间里没有一点儿声音，光线忽明忽暗，但挠痒让我精神振奋，睡意全无。此刻，妈妈就坐在我的身边——这我感觉得到——充满爱意地抚摩着我，我听到她的声音，真实地感觉到她的气息。我赶紧跳了起来，双手抱住妈妈的脖颈，把头钻进她的怀里，叹息了一声，说道："噢，亲爱的，亲爱的妈妈，我多么爱你呀！"

妈妈露出忧郁而迷人的微笑，然后用双手托住我的头，亲亲我的前额，最后抱起来让我坐在她的腿上。"这么说，你十分爱我？"她停了片刻，随后说，"记住，你一定要永远爱我，永远不要忘了我。如果妈妈不在这儿了，你能保证永远不忘掉我吗？永远不忘记，尼古林卡（尼古拉斯的小名）？"她更加轻柔地亲我。

"不，不要这么说，我亲爱的妈妈，我最亲爱的妈妈!"我喊了起来，使劲抱住她的双腿，爱和狂喜的泪水止不住地往下流。

所有的事情都过去后，我回到楼上，虔诚地站在圣像前祷告："主啊，求你祝福我的爸爸和妈妈。"幼稚的我重复着为亲爱的妈妈祈祷——我对她的爱和对上帝的爱神奇地融合在了一起。

说完祈祷词后，我爬进被窝，心情是又轻快，又平和，又快乐。美梦接二连三，我梦见了什么呢？它们大都很模糊，但都充满了纯洁的爱和对幸福的向往。随后，我就把我宠爱的瓷玩具——一只小狗或者一只小兔——放到枕头后面的床角，看着它们如此安逸温暖地躺在那里，我就感到心满意足了。接着，我又祈祷，恳求上帝赐给大家幸福，让人们都心想事成，还恳求上帝让明天有个好天气，那样我们才能去散步；后来我翻了一下身，思绪和梦境交织混杂在一起；最后，我舒服地进入了梦乡，脸上还留着湿漉漉的泪水。

只有童年时代才会有朝气蓬勃、心无杂念的心情，我们童年时对爱的向往和对信仰的坚定，在我们以后的人生岁月里真的还能再拥有吗？当天真的喜悦和对爱的无限渴求，这两种崇高的美德成为生命中仅有的愿望，我们的生命中，还会有比这更美妙的事物吗？那些衷心的祈祷现在在哪里？最珍贵的礼物——由情感激发的纯洁泪水——现在又在哪里呢？

守护天使曾降临在我们周围，微笑着拭去那些眼泪，指引我们进入那充满无法形容的童真乐趣的甜蜜梦境。难道生活在我们的心头划过的伤痕，已经让那些泪水和欢乐永远远离我们了吗？难道剩下的只是对昔日的回忆了吗？

存根簿

文_彼得罗·德·阿拉尔贡

　　我要说的这个老布斯卡伯阿塔斯，已经年届六旬，后背已经有些驼了,他整整四十年都在自家的科斯蒂拉河畔的土地上辛苦劳作。那年，他在地里种了很多大南瓜，这些瓜从瓤到皮儿里里外外都泛着金灿灿的光，似乎在告诉人们，现在已是六月份了。布斯卡伯阿塔斯对于每只南瓜的形状、长势，甚至芳名都了如指掌，他尤其喜爱那四十只长得最饱满、颜色最润泽的南瓜。每天，他都用慈爱的目光凝视着这些南瓜，并为它们惋惜："要不了多久，我们就得分开了！"

　　终于，一天下午，他决心和它们说再见了。他指着那些精心栽培的、熟透了的宝贝，心痛地说："明天我要把你们摘下来拉到加迪斯市场上去了。谁吃到你们，谁就掉进了蜜窝里！"然后，他就晃悠悠地回家了。当晚，他彻夜未眠，就好像女儿待嫁的前夜，做父亲的心如刀割。他不时叹息道："可怜的宝贝啊！"但是转念一想：除了卖掉它们，我还能怎么办呢？种不就是为了卖吗？至少，我还能拿到十五个银币啊。

　　因此，不难想象，第二天早上，当他来到地里，发现有人夜里洗劫了那四十只南瓜时，他是多么惊讶、愤怒和绝望！为节省时间，我长话短说，当时他极度恼怒，不停地重复着那些可怕的字眼："啊，要是叫我抓到你，要是叫我抓到你！"

然后，他静下心来，再三思考，最终认定：小偷已经把可爱的宝贝们运出
罗达村了，因为他是不可能在这儿出售的，大家都会认出来，而且在这儿卖也
不划算啊。

"它们在加迪斯！"反复寻思后，他确定，"那个混蛋、强盗，肯定是在
昨晚九点或者十点钟时抢走了我的宝贝，然后半夜装上货船，偷运走了。我今
天早晨一定要坐船去趟加迪斯，我要抓到强盗，把我苦苦拉扯大的女儿们迎回
家。"虽然他嘴里这么念叨着，但还是在那片被洗劫过的南瓜地周围转悠了大
约二十多分钟，似乎在计算小偷洗劫了多少只南瓜，又好像是在琢磨怎么严惩
那个强盗。直到八点钟，他才往码头走去。

船已经快开了。每晚午夜时分，货船会满载着水果和蔬菜出发，客船也是
如此，每天上午九点钟开往加迪斯。

当天上午十点半，在加迪斯市场里，布斯卡伯阿塔斯走到一个蔬菜摊前，
停了下来。这时旁边正好站着一个无聊的警察，张望，布斯卡伯阿塔斯指着一
个商贩喊道："那些是我的南瓜，抓住他！"。

"抓我！"商贩又惊又气地叫道，"那些南瓜是我的。我买的……"

"把这些鬼话讲给法官吧。"布斯卡伯阿塔斯答道。

"妄想！"

"你会的。"

"你是个流氓。"

"你是个贼。"

"你们两个是男人吗？怎么能这样讲话，说话客气点！"警察极为镇静地说道，并朝他们各自的胸膛擂了一拳。这时，周围已经涌了一大堆人。过了不久，公共市场的督察——食品督察也到了现场。

警察向这位大人物汇报了事情的经过。于是，督察开始审问商贩。

"你是从哪里采购的南瓜？"督察神气十足地问他。

"罗达村的富拉诺老人那里。"商贩答道。

"没错，是那个家伙，"布斯卡伯阿塔斯叫道，"我就觉得他鬼鬼祟祟的！他们家的地差得要命，收成也跟不上，他就开始抢邻居家的！"

"但是，即使我们可以确证有人昨晚偷了你四十个南瓜，"督察说，"那么你怎么能证明这些南瓜是你的，而非别人的呢？"

"为什么？"布斯卡伯阿塔斯答道，"我认识这些南瓜就像您认识您的女儿一样，如果您有的话。您不知道是我把他们拉扯大的吗？您看这个！是我的'圆家伙'，那是我的'胖妞'，这是我的'红孩儿'，那是'曼奴拉'，因为她和我的小女儿简直是亲生姐妹。"可怜的老汉顿时放声大哭。

"的确有点意思，"督察回答，"但是，法律上还不能单凭你的一面之词，就确定那些是你的南瓜。你必须让警察厅确信已发生的事实，还有，你必须出示可以证明此事的证据。大家不要笑，我可是个地道的律师。"

"没问题，我马上拿出证据，证明这些南瓜是在我的地里长出来的。你们站着别动，马上就能看到。"

周围的人听了布斯卡伯阿塔斯的话都非常惊讶，而后看到他把刚才拿在手上的小包裹放到了地上。他蹲下来，不慌不忙地将系在包裹上的手帕结解开。

"他要拿出什么东西来？"大家都感到很诧异。这时，又有个好奇之人挤到了人群里，商贩看到他便大声叫道："富拉诺！你来得太及时了，这个家伙硬说你昨天晚上卖给我的南瓜是偷他的，你向他解释一下……"

刚挤进来的那人顿时变了脸，想溜走，但为时已晚，督察也要求他留下来。"这南瓜是我自己家地里产的，"他说，"没有人能拿出证据说这是他的。"

"好，我让你瞧瞧。"布斯卡伯阿塔斯边说边解开了手帕。那些鲜嫩的南瓜蒂撒到了地上。然后他蹲在地上，一阵阵大笑："先生们，你们都交过税吧？如果那样，你们肯定看过收税员手里拿的绿册子吧？收据就是从那上面剪下来的，然后他们把存根留下，用来证明收据的真伪。"

"你说的那叫存根簿。"督察严肃地说。

"我带来的就是那东西——我菜园的存根簿。小偷偷我的南瓜之前，它们和南瓜是连着的。要是不信我说的，瞧瞧这些南瓜蒂吧。这个瓜蒂是这个南瓜的，压根儿没有人敢怀疑！看看那个，很明显嘛，是这个南瓜的。这个宽点儿的，肯定是那个的，千真万确！这个……还有那个！"

说着，他把一个瓜蒂放在了南瓜被摘下时留下的坑眼上。令人惊奇的是，瓜蒂和坑眼正好吻合。于是，人们，包括警察和督察，都蹲下身来，帮着布斯卡伯阿塔斯用这种奇特的方法来验证。大家都孩童般的欢呼道："真的是这样，真的！的的确确！您看，这个应该是这只瓜的！"

老农夫的眼里溢出了欣喜的泪水，警察表示马上抓捕偷瓜贼。

毫无疑问，皆大欢喜。富拉诺不得不把他收下的十五个银币还给了商贩。

布斯卡伯阿塔斯得意洋洋地回到了罗达村，还一路上嘟噜着："它们在市场上看起来多好看呐！要是把曼努拉带回来就好了，那样，今晚我就可以吃了它，再把瓜子留下来。"

一杯茶

文_阿方索·博略特

数年前，受地势所限，人们从奥波尔图去雷果阿，不得不先搭乘公共马车，然后再换乘火车。

在奥波尔图马车公司办事处门外的发车处，停靠着一辆套有六匹高头大马的马车，恭候最后一批乘客的到来。人们围在马车周围，喧闹不已，只听见有人抱怨定了座位坐不上，有人发牢骚找不到行李。搬运工们则时不时地说些脏话，使气氛更加混乱。

此时，一个年轻人正坐在靠马车门口的座位上。位置他早就找到了，行李也都安放妥当了。车内的座位除了他对面的那个，都已坐满，看来某些未能及时赶到的乘客是没有位置了。车夫拉好缰，司门员也发出信号，准备出发。

突然，令人吃惊的一幕出现在拐角处——只见一个胖男人喘着粗气，舞着把大伞，像只鸭子一样跑过来，身后还跟着两个扛着行李的搬运工。

司门员把他大声训斥了一番后，行李被抬上了车。胖男人爬到空位上，然后艰难地把自己的伞和大号雨衣放下。

马车沿着奥波尔图的碎石街道，向米纽—杜罗火车站驶去。胖男人似乎有些郁闷，因为他一直不耐烦地嘟囔着，一副坐立不安的样子。后来，坐在对面的年轻人霍普·德·索萨注意到了他。

"先生，真倒霉啊，"他大声叫道，"你想想，我连杯茶都没喝到！"

朱奥·德·索萨没有答话，只是疑惑地看了看胖男人，胖男人接着说道：

"你看，我习惯了午饭后喝茶，一杯浓浓的红茶就行。刚才我只顾赶车，连茶都没喝。你不知道，我现在多想喝口茶啊。你看，先生，如果人到了我这个岁数，习惯说有多重要就有多重要。要是非得改掉习惯不可，那真是糟透了。这会儿我就知道，路上如果喝不到茶，那可真痛苦啊。先生，你年轻，可是，像我这样有某种生活习惯的人，你可要听一听。一旦你养成生活规律，就要始终坚持下去。"

朱奥·德·索萨被逗乐了。"可是，等到了火车站，"他说，"您就可以在火车站的小吃部里喝茶了。"

"是啊！我还真没想到呢！虽然是在午饭后晚会儿喝到茶，那至少比喝不上好。"

马车到火车站时，火车早已停在站台边上了。人们蜂拥地进了小吃部，开始为即将开始的行程做准备。有人买了随即要喝的葡萄酒、要吃的面包和水果，有人则买了车上要吃的食物。

胖男人在一张餐桌前坐下，四处找侍者。可是店里人手少，过了很久，一个侍者才注意到他。胖乘客点了一杯茶，刚想具体交代时，侍者又忙着接待其他客人去了。最后，直到朱奥·德·索萨离开小吃部上车坐到座位上时，才瞧见胖男人正准备享用他心爱的饮料。

　　很快，火车汽笛鸣了，突然胖男人从小吃店里冲了出来，爬上火车，在朱奥·德·索萨的对面坐了下来，然后用一块漂亮的真丝手帕擦着脸。

　　"怎么样？"朱奥·德·索萨微笑着问。

　　"老兄，侍者上的是绿茶，可我是从来不沾绿茶的！"

　　火车在雄伟的山岭中穿过，沿途可见一幢幢小农舍和一条条溪流。这时夜幕降临，太阳缓缓落至山下。胖男人却无心观赏这美景，他嘴里打着呵欠，发出郁闷的感叹声。朱奥·德·索萨听到末尾的单词是"茶"的呻吟声。

　　"您马上就能喝到茶了。"他说。

　　"在哪儿？"

　　"我们会在卡伊达换乘另一辆马车。"

　　"啊，也是啊！我怎么就没想到，多谢你提醒我，这样我就能到驿站的客栈里喝上茶了。"

而后胖男人竟惬意地哼起歌来，再加上车子的摇晃，他很快就昏昏沉沉地睡着了，直到朱奥·德·索萨轻轻地摇了他一下，才睁开眼睛。

"这是哪儿啊？到哪儿啦？"

"到卡伊达了。我们得换车了。"

"太谢谢你了，先生。"胖男人开始收拾起自己的行李。

客栈门外停靠着两辆马车，一辆去雷阿尔镇，另一辆则去雷果阿。在去换马车的路上，经过饭店时，朱奥·德·索萨看到胖男人正火气冲天地跟一个侍者吵架。他停下脚步，问他去雷果阿还是去雷阿尔镇。

"雷果阿，先生。想想，我是多么倒霉啊！甚至连杯茶都没喝到。"

"这确实很严重。"年轻人严肃地说。

"严重？太对了。这是什么饭店啊？连片红茶的茶叶都甭想找到！"

"去雷果阿的，上车了，上车了！"一个司门员喊道。那个司门员一身当地车夫老式制服的打扮，样子令人发笑。

胖男人又在朱奥·德·索萨的对面坐了下来。

"看样子，你又失望透了，先生？"

"不说了。真他妈的倒霉，连杯茶都喝不到，这一路我怎么过啊！"

"可是，我们到了阿马兰特换车时，您又有机会喝到茶了。"

"哦，太好了。你真是个好人，先生。"

马车行驶在乡间小路上。尽管马车一路颠簸摇晃，又嘈杂，但这并不能消除乘客们的睡意。朱奥·德·索萨一直没睡，不停地观赏着月色下的乡间小路、树木、树篱，还有那从山坡上的村舍人家透出的柔和灯光。渐渐地，车子行驶到了古老的阿兰马特桥上，薄雾下的桥已变得模糊。马车穿过狭窄的碎石街道，停靠在卡帕德拉镇著名的老客栈门前。

烟草和巧克力的味道充溢着客栈的餐厅。侍者上前把客人们迎到座位上。顷刻之间，侍者便送上来一份色香味俱全的晚餐。朱奥·德·索萨品尝着巴尔德佩尼亚斯的美酒，全身心地享受着。他抬头望了望周围，只见胖男人正坐在餐桌的一角，焦急地向侍者交代着什么。

"服务员，给我来杯茶，记着，是浓浓的红茶，我不要别的。"

"先生，马上上茶。我得先上晚餐，再为您叫茶。您吃点什么，先生？"

"不喝茶，我什么都不想吃。"

侍者忙着为客人们送上成盘的鸡肉和各式的美味佳肴，瓶瓶佳酿在餐桌上被人们热闹地互相传递着。胖男人不得不在一边耐心地等着自己的红茶。一会儿，有人告知马车五分钟后发车，店里顿时骚动起来，人声鼎沸。人们冲到车上，坐了下来。这时，朱奥·德·索萨听到人群中传来胖男人的声音："我的茶呢？服务员！我的茶在哪儿呢？"显然，胖男人极其恼怒。"一分钟就好，先生。"

所有人都坐到了座位上，只有胖男人还在客栈门口不耐烦地等着。马车接下来要爬很长的山路，所以车子前拴了十二头剽悍的公牛，它们各个头顶红帽，系着铜铃，一副精神十足的模样。司门员冲着胖乘客喊道："回到你座位上去吧，快点，先生！不能再等了。"

这时，侍者突然端着托盘跑了出来，那杯热气腾腾的茶正好在托盘上。胖男人这时一只脚已踏上了车子台阶，但还是开心地叫起来。只见他抓起茶杯就往嘴边送，随即听见他沮丧的叫声，茶杯又被放回托盘。

"这茶怎么喝啊，服务员！能把人烫死！都要开车了，怎么才把这么烫的茶端来？"说着，他登上马车，满脸的悲伤和郁闷，眼泪也流了下来，又坐在了朱奥·德·索萨的对面。

剽悍的公牛缓慢而有力地拖着车子在山坡上行进了五个小时。雨淅淅沥沥地下着，拍打着山路两旁高耸入云的老树，狂风一路咆哮着穿过树枝，山上的积雪渐渐融化，汇成涓涓细流，最后汇入广博的杜罗河。

车夫走到头牛旁，赶着牛队继续前行。其他人都睡着了，只有朱奥·德·索萨还睁着眼。车子驶过路边的一座石屋，月光洒在屋顶上，折射出奇异的光。车子继续往高处攀登，途经一间小小的农舍，农舍的上方悬着一块巨大的岩石，似乎快要掉下来了。越往上走，山路也就越崎岖，快到山顶时，太阳升起来了，将大山笼罩在一片绚丽的霞光之中——紫色、粉红色和黄色。马车在金特拉村附近的一家客栈门前停了下来。早晨空气清爽，睡醒的乘客从车上走了下来，伸展着自己疲倦的腿脚。

朱奥·德·索萨边溜达边欣赏着如画的景色。放眼望去，一座座高山连绵起伏，山下一条大河蜿蜒流淌着，波光荡漾，四周的参天大树恰似一幅画框镶嵌在这幅如画的美景周围。年轻人停下脚步，精神愉悦地深呼吸。这时，耳边渐渐传来一阵拖沓的脚步声，接着是倦意浓浓的、长长的呵欠声。朱奥·德·索萨笑了起来，还是那个胖男人，他一副睡意蒙胧的样子，与清晨这如画的美景很不协调。

"啊，早上好啊，先生！您喝到茶了吗？"

"哦，年轻人，我彻底绝望了。那个糟糕的小店压根儿就没有茶。店里伙计说从来就没人点过这种东西。"

马备好了，司门员发出了出发的信号。就这样，一队人马从山腰飞奔而下，快速穿过茂密的树林和果林。很快，要到杜罗河边了。马车又沿河岸向前行进了几英里，渐渐地，出现了密密麻麻的房屋，还有一座座花园。最后，马车载着乘客驶进雷果阿洁白的大道。此时是上午八点半，正好赶上吃早餐。

马车在宾馆门前停了下来。这是一幢华美的大厦，装有绿色的百叶窗。胖男人回过头，笑着对朱奥·德·索萨说道："谢谢你，先生，谢谢你的耐心相伴。假如没有你的陪伴，我这趟旅行不知有多糟糕。你不明白，没有茶我有多郁闷。像我这样的年龄，放弃自己的习惯是个错误的选择。先生，接受我的忠告吧，假如形成了好的习惯，就不要去打破它。现在我终于要喝茶了，的确是晚了点，但总比不喝好。请允许我自我介绍一下，先生。我是巴纳贝·多斯·安霍斯，来自弗雷舒德埃斯帕达阿辛塔镇，来杜罗出差办事。但愿下次还能见到你，先生。不论有什么事，我愿意随时效劳。祝你好运，旅途愉快，我亲爱的小朋友，以茶代酒祝你身体健康！"

橘子的品质

文_艾伦·亚历山大·米尔恩

　　一年四季，在众多水果中，我最喜欢橘子。首先，橘子四季不断——纵然这不是事实，至少在水果店是这样的。在某些时期，甜食只是几块巧克力和一点糖姜，而什锦水果则是两块梅子干和一片大黄，此刻的橘子，不管有多酸，都解了燃眉之急。到了水果盛产时期，餐桌上堆满了樱桃、草莓、山莓和醋栗，这时的橘子，要比以往更甜美，它仍在那里坚守着自己的岗位。在人们的日常生活中，与面包、黄油、牛羊肉、鸡蛋和咸肉相比，橘子一样是不可或缺的。

　　众所周知，最普通的水果往往也是最好的。橘子的优点，我怎么讲也讲不完：它有保健强身的功效，可以治愈流行性感冒，让人面色红润；它很干净，因为在上桌前，人们摸的只是它们的表皮，即橘子的外套，而那是要被剥下留在厅堂里的；橘子圆圆的，可以被孩子们当做板球来玩；橘子核可以用来弹射你的对手；一块小小的橘皮，则会令一位老绅士滑倒在地。

　　然而，假如橘子不是这么甜美可口，那么一切将毫无意义。对于这一点，我不忍由着性子谈论下去，我已经被它的甜美所征服。每举行一次婚礼，我都会心疼不已，因为这意味着又有很多橘子花要被摘下，又有很多有望收获的金色水果夭折了。但是，世间的一切仍然在进行着。

一年又一年，我们的生活不能没有橘子，这恰恰证明了橘子的优点，实际上，我们喜爱的正是橘子诚实的品质。假如橘子腐烂了——我们之中品质最优良的人有时也会变坏——它是从表面坏起，并不是从内部。外表娇嫩可口，而内部腐烂的梨子在世上多的是，一眼望去纯净无瑕而里面早已长了蛆虫的苹果又有多少呢？可是，橘子就没有缺点可以隐藏。它的外部就是内心的一面镜子，假如你眼光犀利，在售货员将坏橘子装入袋子之前，你就能及时告诉他了。

等待微风

文_马蒂·阿通

"不开空调？你们怎么睡得着啊？"一个朋友问道，显然有些惊异。我刚刚透露，我们全家决定关掉空调，以降低电费开支。

"不管是白天还是晚上，都没有人会开窗的。"另一个朋友提醒道，她家的窗户刷过漆后，关闭十多年了。"现在是90年代了，不安全。"

开始节电计划的第一天晚上，只有华氏85度的气温，尚没热到让人无法忍受，可三个孩子还是嘟囔起来，他们向来与外面酷热的世界相隔离，在华氏72度的舒适温度下长大。

"你怎么不把窗户打开啊？"丈夫问道，他轻微地晃动着金属插销，终于，一扇窗松动了。各种各样的虫子的尸体装点着窗台。当我们把窗户一扇又一扇地打开时，家里很快充斥了外面夜晚的喧嚣。

"睡不着，太热了。"13岁的女儿抱怨道。

"我简直快热死了。"她哥哥走下客厅，大发牢骚。

"今晚只是试试。"我告诉他们。

事实上，我太累了，根本不想多说。参加完奶奶的财产拍卖会，我已经疲惫不堪了。她那口椭圆的锡制浴缸，还有那把椅子——我曾踩在上面，有模有样地站在她商店的柜台后面，现在都被我拉回了家。

我脸上汗水涔涔，可我还是静静地躺着，窗外蟋蟀们的鸣唱声越来越大，不禁让我回忆起了童年。邻居家的狗大声叫起来了，也许是过来了一只乱窜的小松鼠。多年来，我都没有时间真正聆听夜的静籁。

我想起了活到92岁的外婆，她一直照看着我妈妈的花园，直到去世前的几个星期。于是，我恍惚又回到了童年的炎炎夏日，我住在她的房子里。我把枕头移到外婆的床尾，转过脸来，面向开着的窗户，再把枕头翻过来，捕捉每一丝凉意。

外婆见我翻来覆去，说道："如果你只是等待清风，很快就会凉爽下来睡着的。"

她把百叶窗帘卷起来，我盯着白色窗帘，希望它能摆动起来。这样静静地躺着，等着，我忽然察觉到了窗外的世界。小虫子们齐声唱着"啾嘎！啾嘎！"很晚了，邻居们还坐在门廊下聊天，隐隐约约的话语声使我平静下来。

"继续等待清风。"外婆轻声说道，我轻声应着。六月的虫子撞到纱窗上，发出咻咻的声音。三个街区开外，一列开往弗里索的火车正隆隆驶过罗斯福大道。我闻到了一阵清新的青草味，还听到了一些奇怪的声响——也许是隔壁小商店的沥青木瓦屋顶上，树枝轻轻掠过时发出的沙沙声。

现在，我昏昏欲睡了，我盯着窗帘，它摆动起来了……

"妈妈，那个声音你听见了吗？"我七岁的儿子突然说道，"我想是猫头鹰一家。"

"可能吧，"我告诉他，"只要继续听……"

没有空调沉闷的嗡嗡声，屋子格外宁静，夜籁之音未经过滤，似乎近在咫尺，触手可及。

今晚，当第一缕清风悄悄潜入时，但愿我还未入眠。

戏剧即生活

文_珊娜·施奈德

17年前，我们30个年轻人都梦想着在戏剧圈干出一番真正的大事业，那时我们都是20岁左右。我们有充分的理由拥有这样的梦想，毕竟我们是从几百名考生中选拔出来考进萨尔茨堡·莫扎特学院这三个戏剧班的。那可是一件了不起的事情，因此我们自视甚高，认为自己很有才能。

我们也许或多或少都是一些有才华的人，然而，我们也缺乏经验——只是拥有对表演的热爱和对于自己能够走向世界最大剧院的自信。我们希望自己服务于伟大的艺术事业，与此同时，伟大的艺术事业也值得我们为之奋斗一生。当时，我们的想法就是这样的。

然而，现实生活与我们的想象相去甚远。第一节课的时候，我们就得知，戏剧专业的学生要不分时间和地点地接吻和拥抱。那些知名演员给我们作示范，我们要与形形色色的人相爱，无论给我们的是什么烟，我们都要抽。一年之后，当新学生入校后，我们就自豪地摆出一副戏剧专业高年级学生的姿态。

戏剧专业的学生并不是一开始就学习朗诵席勒和莎士比亚的作品，而是先要学习表演。学习的课程包括击剑、踢踏舞、唱歌、抛接想象中的球，以及闭着眼睛摸同学的手来辨认他是谁。所有这一切与伟大艺术有关系的事物，只是一点一点地呈现在我们的眼前。我们期望着登上舞台进行表演，当经历了漫长的学习过程，我们终于获准登上舞台时，我们很快就懂得，世界上最孤单的地方就是那个黑暗的舞台。

外行人或许很难理解，把台词记住然后再表演出来是一件多么艰难的事情。当然还会出现怯场的情况，然而其他困难呢？仅仅走台步就是所有事情中最难的一件了，没有一个人能够走得恰到好处。走台步是在表演一个角色，绝非像人们散步那样简单。然而，是什么角色呢？这就是表演的难题了。

没过多久，清醒代替了最初的兴奋。任何一个能够诚实面对自己的人都能够确定，他或她到底是相信自己的无限才能，还是已经真正拥有了它。看看究竟谁有表演的热情，谁的才情只是一闪而过的火花，这从自身和其他人的身上不难得出答案。因为三年来，我们关注的总是自己的情感、声音、躯体和内心的障碍，有些人战胜了这些障碍，有些人却没有。最初，激情可以暂时弥补才华的缺乏，因此，人们很容易被自己的错觉所欺骗。

17年之后，我们30个人的梦想变成了什么样子呢？总之，这个故事不是几句话就可以讲完的。不，应该是30个故事。我们中的一些人已经成名，几乎是家喻户晓了，比如安德烈亚和艾普丽尔，一个多年来一直演电视剧，另一个则是星期六问答秀节目组唯一的女演员。有些人却没了消息，比如马法和马赛厄斯。

在记忆中，马法的舞蹈和钢琴都很出色，然而，第一学年的假期之后，他就再也没有回到学校。现在，马赛厄斯在维也纳经营一家录音室，他最终意识到："也许，我当年的雄心壮志有点儿过头。"他说的倒是真话，不像许多蹩脚的演员，用谎言来自我安慰：没有得到认可是因为运气太差；如果遇见一位能够发掘自己才能的导演，他们无限的才华就能得到赏识。

在任何一所戏剧学校的任何一个班级里，那些都绝对是随时有可能发生的平常事。不过，在我们那个班级里，有两件事情给人们留下的印象最深刻：一件是令人伤心的，另一件则是令人愉快的。

先说说那个令人伤心的故事吧。埃伯哈德·施密特的生命太短暂了，没能实现自己的梦想。他梦想成为一名大导演，在为几位大牌导演当助理的时候，他已初露锋芒。八年前，他死于艾滋病。我后来只在法兰克福见过他一次，那是在他生病去世的前一年。

我们两个人扯上关系是因为按照字母顺序排列，我们的名字是挨着的。他的姓是施密特，我的姓是施奈德。在被戏剧学校录取之前，我们一共要参加6次考试，每次考试的时候，我们总是被叫到一起搭档表演。因为每个班最多录取12个人，因此最初的时候，我们都把彼此当做敌人和竞争对手。到了后来，我们——施密特和施奈德距离希望越近，我们就越不愿意看到对方被淘汰。当两人都被成功录取时，我们拥抱在一起，那是我们第一次拥抱对方。在法兰克福永别时，我们第二次拥抱了对方。

现在说说令人愉快的故事吧。斯文·贝克托夫，他是目前我们当中唯一实现梦想，甚至所达到的目标已经超出了我们当时所设想目标的人。他在1996年被评为年度最佳导演，这可是一个不同寻常的奖项。

然而，我与斯文第一次见面时，彼此相处得并不愉快。当时，我与其他11名同学刚刚通过入学考试，我和弗兰泽斯卡坐在排练台前的一条长椅上。斯文比我们高一个年级，他当时穿着一条紫红色的粗棉布裤子，站在台阶上望着我们。他纹丝不动地站在那里，有点儿傲慢。不过，他长得倒是很英俊——五官俊朗，眼睛是棕色的，一头金发。

　　然后，他从台阶上走了下来，朝着我走过来，可是到了跟前，他却转向弗兰泽斯卡问道："你叫什么名字？"

　　不过，我们还是成了很好的朋友。三年之后，在河边的一个夜晚，当我们正在为舞蹈课的期末考试练习踢踏舞的时候，他向我作了一个承诺，那就是让我在他导演的第一部片子中饰演一个角色。

　　现在，斯文成为一名导演，同时也是汉堡的塔里亚剧场管理委员会的委员——塔里亚剧场是德国顶级剧场之一。此外，他还成功演绎了许多不朽的角色，人们奉他为演艺界的巨星。

　　戏剧学院的课程即将结束的时候，每个学生都不得不准备一个可能一生都不会在舞台上表演的角色。我选中了歌德诗剧中的格莱琴，我没有这个角色所需要的一头金发和高雅气质，因此没有导演愿意让我演这个角色。这就很有意思了，在剧本的结尾，格莱琴坐在监狱中等待死亡的降临，她几近疯狂地说道："咳，咳，它们即将降临，令人痛苦的死亡。"我之所以放弃演艺事业，就是因为那句台词。

那句台词说得确实不够流畅。当然，我本可以把它们背诵出来，然而，当说这句台词的时候，我总是不断地问自己：谁会相信你的绝望呢？我还不如说："谁把我的娃娃糖吃了？"或"什么，已经五点一刻了？"效果都是一样的。我绝望地一遍又一遍地重复着这句台词，希望能够找到死亡的恐惧感。然而，结果恰恰相反。

一名出色演员和一名蹩脚演员的区别就在于角色的逼真程度，当然，这显然也是我一段时间以来失败的原因。能够使观众忘记演员仅仅是在扮演一个角色的艺术，才是真正的艺术。

当我意识到自己不适合从事这个职业的时候，我感到非常痛苦。因为这三年就是我的生命，一段非常美好的生活。博托·施特劳斯曾经写过一段关于戏剧的名言："阻止我成为一名好演员的就是戏剧。"是的，对我来说也是如此。

一切永远都不晚

文_吉米·乔恩

几年前，我在参加一个交际课程班的时候，经历了一段非比寻常的过程。教员让我们把过去所有感到羞愧、内疚、遗憾或半途而废的事，全部列出清单。第二个星期，他邀请学员把清单大声读出来。这看起来可是个人隐私，但人群中，还是有勇敢的人自愿参加。

听人们读时，我的清单更长了。过了三周后，我已经在清单上写下了101条。然后，教员建议我们想方设法弥补，或赔礼道歉，或者采取某些行动以改正错误。我认真地考虑这个问题，这样怎么能提高我的交际能力呢？我觉得，这只会让我生命中的人疏远自己。

又一周过后，坐在我旁边的一个人举起了手，自愿讲述了一个这样的故事。

"我列举清单时，想起了高中时的一件小事。我是在艾奥瓦州的一个小镇长大的，那里有一个治安官，我们所有的小孩都讨厌他。一天晚上，我和两个朋友决定把治安官布朗好好捉弄一番。我们喝了点儿啤酒，然后，找到一罐红漆，爬到镇中心高高的蓄水池上，用鲜红的大字在上面写道：治安官布朗是畜生。第二天，全镇人都看到了我们的'杰作'。不到两个小时，我和两个朋友就被带到了他的办公室。我的两个朋友招供了，而我撒了谎，拒不承认事实，后来也没有人发现。

"大约过了二十多年，我的清单上出现了治安官布朗的名字。他是否还活着，我也不知道。上个周末，我打电话到家乡艾奥州瓦咨询。果然，清单上有一个叫罗杰·布朗的人，于是我拨通了他的电话。电话响了几声后，我听到：'你好？'我说：

"'是治安官布朗吗？'迟疑了一会儿。'是的。''呃，我是吉米·考克斯。我想让你知道，我曾做过那件事。'又停了一下。'我早就知道了！'他大声说道。我们都笑了，并欢快地聊了起来。最后，他说道：'吉米，以前我总是为你难过，因为，你的朋友说出了心里话，而你这些年来一直背负着它。我很感谢你打电话给我……为你的解脱。'"

吉米鼓励了我清除清单上的101件事，为此我几乎花了两年时间。但这件事真正激发了我作为矛盾调解员的灵感，成为我的事业的新起点。不论境况何等艰难，我总会记得，抹去过去的阴影，踏上新的寻求之路，永远都不晚。

如何让你梦想成真

文_雅尼克·诺亚

在迪斯尼公园和迪斯尼世界建成后，传出了这样一个故事：有一个人来到沃尔特·迪斯尼工作室，在主任迈克·万斯面前说："沃尔特·迪斯尼没能活到现在看到这一切，是不是太遗憾了？"他毫不犹豫地回答："但是他真的看到了，这就是它坐落在这里的原因。"

如果说有人影响了我的生活，那当属沃尔特·迪斯尼了。或许是因为在我五岁那年，我最喜爱的叔叔带着我去了一个非常新奇的地方——迪斯尼公园；或许是因为我在南方的加利福尼亚长大，每一年或是每两年都会去那个地方，看着一个人的梦想渐渐成为现实；也或许是因为我认识到"当你对着星星许愿时，你是谁是没什么分别的"。在奇妙的迪斯尼世界中成长，我明白了如何梦想。

据我的经验而言，企求和希望是使梦想成真的最没用的方法，但这是许多人对待工作的态度，还时常对他们的结果感到无比惊讶。他们希望自己能挣很多钱，希望自己能得到晋升或是得到一份更有趣的工作，希望工作环境良好，老板更明理，问题更易解决，或是有人帮忙。

他们在工作中成功的机会，就像通过拉斯维加斯赌城的老虎机，或是彩票的方式成为百万富翁的机会一样少。鸵鸟并不是真的把头埋在沙子里，可我们中的许多人都在这样做，对自己从未实现梦想感到疑惑。奥运会的运动员们从来都不靠企求和希望取得胜利。伟大的音乐家、演员、厨师、建筑师、律师、父母或商人也不会这样做。我知道，我绝不会通过希望来出版自己的第一本书。

梦想能够成真，但这里也是有秘诀的。他们已经意识到了通过坚持、决心、奉献、激情、实践、集中精力和刻苦工作这些魔法来实现梦想。梦想的实现需要一步一个台阶，要经过多年，而不是几个星期就能实现。当企求与希望使你成为一个梦想家时，行动和做事才会使你的梦想成真。你想实现工作中的梦想吗？开始行动吧！

在时间的沙滩上留下足迹

文_威廉·佐拉奇

令人惊奇的是，儿时的某些东西总会给我们留下深刻的印象。我至今还记得朗费罗的几句诗：

"生活是真实的！生命是真诚的！

死亡并非它最终的目标；

你本为尘埃，必归为尘土，

这是指肉体，而非灵魂。"

还有：

"伟人的生命警醒着我们，

我们能够高尚地生活，

离开人世的时候，

也会在时间的沙滩上留下我们的足迹。"

诚然，与现在的年轻人相比，我们这代人的情感更为丰富。但是，无论这首诗是否为佳作，它朴素的言辞都传达了一种信息，并在一个小男孩的脑海中留下永久的记忆。

15岁时，我幻想着自己拥有一个守护天使。每当周末去乡间写生时，我会请求它的指引，祈祷某天能够成为一名伟大的艺术家，描绘出大自然最真实的美丽。这一小小的祈祷带给我对世界的信仰和对自己的信心。

然而，我的信仰与信心遇到了严峻的考验。核武器时代让我们陷入了恐慌，我们的生命也似乎危在旦夕。人类的潜能与价值无法发挥出来，这也近乎是一种浪费。有时，我会想，万物的生存皆是一种奇迹。但是我坚信，有一种"永恒之脉"始终贯穿着天地万物，最具价值的遗产将会永存。

我相信，无论用怎样的方式，每个人都渴望将自己的生命融入这条"永恒之脉"。这就是生命的动力，也有人称它为永恒的动力。我想，无论它是什么，都是有益的，因为它赋予了我们生存的目标。不过，只有目标还远远不够。在人们眼中，艺术家总会不切实际地空想，但就我自己而言，我发现在创造任何艺术作品之前，都必须作出决定和计划。我知道，我不仅要带着敏锐的情感、对美的感知，去接近生活，同时还要有一颗谦卑、崇敬的心。

作为一名艺术家，我的人生信条是：热爱生活，热爱自由，热爱全世界人民。通常，一个热爱自己工作的人会是一个有梦想的人，而他梦想的灵魂也会以某些方式与特征表现出来。创造是一种绝妙的感觉。然而，我认为现今的人们缺乏交流的能力。如果人们，不仅仅是艺术家，而是所有的人，只要能敞开心扉，表达出忧愁与快乐、恐惧与希望，他们就会发现以前无法看到的东西，发现自己已融入生活的主流。

有时，恐惧与嘲讽会让我们灰心丧气。每当这时，我便会努力回忆不同时代的伟大艺术家拥有着怎样的表现力。一种能与人交流、提升人的品格的力量，能使观众产生或喜或悲、或惧或敬的心灵共鸣，而不只是为了装点生活或娱乐大众。

　　如果我们能扩大人类的思想与信仰领域，将会发现人人都具有创造天赋。这种才能使得我们每个人都独具个性，并赢得"永恒之脉"中的一席之地。我深信，如果我们能认识到这些，就会发现我们所生活的这个时代充满了冒险与革新的激情，我们将会在它的带领下走进一个更美好的崭新世界。

我们都为学习而来

文_安妮·库克

　　"16。"我答道。那天，二年级的老师乔伊斯·库珀问的数学题是什么，我早已忘了，但我依然记得自己当时的回答。我刚说出那个数字，弗吉尼亚州诺福克市斯莫尔伍德小学的全班同学便开始哄堂大笑。我感觉世界上没有比我更笨的人了。

　　库珀夫人用严肃的目光制止了他们，并说："我们都是为了学习才来这儿的。"

　　还有一次，库珀夫人让我们写一篇有关未来理想的文章。我写道："我想成为像库珀夫人那样的老师。"

　　她给我的评语是："你坚定而勤奋，一定会成为一名出色的教师。"接下来的27年，我一直将这些话珍藏在心里。

　　1976年高中毕业后，我与一个很好的男人结婚了。他叫本，是个机械师。没多久，我们的孩子拉托尼亚出生了。

　　我们的生活很拮据，上大学和教书这些就更谈不上了。但是，我在学校找了一份门房助理的工作。每天我要打扫拉里莫尔小学的17间教室，库珀夫人的教室也包含在内。斯莫尔伍德小学关闭后，她来到了这所学校。

我告诉她，我仍然渴望教书，而她一直重复着多年前写给我的那句话，然而家里的账单总是没完没了。

1986 年的一天，我一直在思考着我的梦想，考虑着我多么想帮助孩子们。要想那样，我就必须以老师的身份早上去学校，而不是下午去拖地。

我跟本和拉托尼亚商量了此事，问题是这样解决的：我可以去上成人自治大学。七年来，我早上上班前去上课，下班后学习。没课的时候，我就为库珀夫人做助教。

有时，我很惊讶自己是如何做到的。第一次成绩不合格时，我想放弃。但妹妹海伦讨厌我这么说。"你想当一名教师，"她说，"如果你现在气馁了，就永远无法实现自己的梦想。"

她很清楚永不放弃的意义——她正在与糖尿病作斗争。无论我们谁泄气了，她总会说："你一定能做到，我们一定能做到的。"

1987年，年仅24岁的海伦因糖尿病引发的肾衰竭去世了。现在，只有我去完成我们共同的愿望了。

1993年5月8日，圆梦的日子到来了——我毕业了。我获得的大学学位和教学许可证，让我有了执教的正式资格。

我去了三所学校面试。科尔曼普莱斯小学的校长珍妮·汤姆林森说："你看上去很面熟。"十多年前，她曾在拉里莫尔小学工作过。她记得我，因为我曾打扫过她的房间。

但我仍没有得到具体的答复。当我签完门房助手的第18份工作合同时，电话响了。我被科尔曼普莱斯小学聘为五年级的教师。

执教没多久，我就遇到了一件事，仿佛让我回到了过去。我在黑板上写了一个语法错误的句子，然后让学生上前修改。

一个女孩做到一半时，有些迷茫，就停了下来。其他同学都笑了起来，她的眼泪顺着面颊滚落下来。我给了她一个拥抱，并让她去喝点儿水。此时，我想起了库珀夫人。于是，我严肃地看着班里的同学，然后说道："我们都是为了学习而来的。"

错了就坦诚地承认吧

文_戴尔·卡耐基

从我家的房子出发步行一分钟，就能看到一片野生林。到了春季，那里的黑莓丛便会开出一片片白色的花朵。小松鼠们在这片灌木丛中繁衍生息，而莴苣长得几乎和马儿一样高。这片还没有被开发的原始森林被称为森林公园——它确实是一片森林，或许从哥伦布发现新大陆起就不曾改变过。

我经常牵着我的小波士顿哈巴狗雷克斯到公园里散步。小狗对人很友好，是个温驯的小家伙。因为我们在公园里很少遇到人，我从没有给它拴上狗链，或戴上口套。

一天，我们在公园里遇见了一位骑警——一位渴望发号施令的骑警。

"你为什么不给狗拴上狗链，还让它在这里到处乱跑？"他十分严厉地训斥我，"难道你不知道这样做触犯了法律吗？"

听了警官的话，我随即毕恭毕敬地说："我知道，可是，我不认为小狗会伤害任何人。"

"你不那么认为！你不那么认为！法律可不容忍你有这种自以为是的看

法。小狗也许会咬死小松鼠，甚至咬伤儿童。这次我就不处罚你了，如果下次让我看到你还没给狗戴上口套、拴上狗链的话，你就要被起诉了。"

我十分礼貌地答应照做。

我确实遵守了几次，可是雷克斯很讨厌被束缚的感觉，我又何尝不是呢？于是，我决定碰碰运气，又像从前那样带着雷克斯出来了。开始的几天，万事顺利，可不久麻烦就来了。一天下午，正当我带着雷克斯向一座小山坡上奔跑时，突然间，我又看到了那位骑警。而雷克斯正朝着他的方向奔去。

这下可麻烦了，我知道后果。我没等那位警官开口，便抢先说："警官先生，这次又被您看见了，我承认，我有罪。对此，我没有任何借口。您上周警告过我，如果我还是没拴狗就出来，您一定会严惩我。"

听了我的话，那位警官十分和蔼地说："在一个人迹罕至的地方，让心爱的宠物尽情玩耍也是很有诱惑力的。"

"没错，是很诱人，可我还是违反了法律。"我回答道。

"不，这么小的狗不会有什么危险的。"警官说道。

"可是，它也许会咬到松鼠。"我说道。

"哎，我想也许你把这件事看得过于严肃了。"警官说道。

"照我的话去做吧，你让它跑过这座小山，直至我看不到为止。这样一来问题就解决了，我们谁也不用在意了。"

作为人，警官也需要得到一种被重视的感觉。因此，当我开始在他面前谴责自己的时候，唯一能满足他自尊心的就是展示他宽宏大量的一面。

年轻人不能守株待兔

文_塞弗恩·卡利斯·苏祖基

当你还是个孩子的时候，你很容易相信自己能够改变世界。我清楚地记得自己12岁时在里约地球峰会上对代表们讲话时的热情。

我对他们说："我不过是个孩子，可是我明白，假如将战争上的所有花费用来消除贫困和解决环境问题的话，这个世界将会变得多么美好啊。在学校里，你们教我们不要和别人打斗，要商量着办事，要尊重他人，要将我们弄脏的地方清理干净，不伤害生物，要与人分享，不贪婪。那你们为什么去做那些你们不允许我们做的事情？你们成年人口口声声地说爱我们，那我要求你们，请你们做到表里如一！"

那时我讲了整整六分钟，大家起立热烈鼓掌欢呼。有的代表甚至被感动得哭了。那一刻，我认为自己或许打动了一些人，我的演说也许真的会引发一场行动。如今，距离里约峰会已经十年了，我耐心地出席了很多其他会议，可是我不能保证有什么成果。对于当权者，对于个人说服当权者的能力，我的信心已经大大地受挫了。

确实，里约峰会结束以后，我看到了一些改变。在我的家乡温哥华，大部分人家摆出了可供再生利用物品的垃圾筒。第四大道上的食品杂货店和咖啡屋办得红红火火。自行车大受欢迎，街上还有几辆汽电两用车缓缓驶过。

不过，新世纪伊始，像我这样20多岁的一代人却逐渐与自然界背道而驰了。我喝着买来的瓶装水，吃着转基因食品。我们开的车越来越大。与此同时，我们这一代人认识到了全球性的问题：贫穷、社会失衡、生物多样性的丧失、气候变化、全球化的恶果，但是我们很多人感到面临的问题重大得毫无解决办法。

在我小的时候，世界很简单。然而，作为一个成年人，我才慢慢意识到生活越来越复杂，我们不得不在教育、事业和生活方式上作出选择。我们开始感受到压力，要制造财富，获得成功。我们学到的是用一种目光短浅的方式来看待未来，只局限在每四年一换的政府任期和季度财经报道上。我们所学到的就是：经济增长即进步，然而没有人告诉我们，如何才能拥有快乐、健康和可持续的生活方式。时至今日，我们才逐渐意识到：我们在12岁时想要拥有的未来只是理想主义，太天真了。

现在的我已不再是个孩子了，然而我为我的孩子将会在怎样的环境里成长而忧虑。在约翰内斯堡，代表们将会讨论由各个国家政府通过和履行的一些文件。的确，这非常重要。可是他们在里约热内卢也是这样做的。召开这次会议的真正意图是要明确责任——不单单是政府的责任，还有个人的责任。

我们没有把我们弄脏的地方整理干净。我们没有承担我们的生活方式所要付出的代价。在加拿大的西海岸，我们明白我们正在灭绝鲑鱼，正如我们已把东海岸的鳕鱼消灭光了一样，可是我们依旧在过量捕杀鲑鱼。我们依然在城市里开着跑车，尽管我们已经感觉到气候变化的影响——这正是燃烧了太多化石燃料所导致的直接结果。

真正改变环境要依靠我们自己。我们不能坐等上级了。我们需要把注意力集中在我们自己的责任以及改善环境的办法上。

在几个月前，我临毕业时，曾经同耶鲁学生环境联合会共同起草了一份保证书，这是为年轻人准备的。这份名为"承认责任"的保证书，旨在让我们的同辈承担起应负的责任，与此同时，向我们的长辈发起挑战，让他们帮助我们达到这个目的，并且作出示范。这份保证书上包含了一系列更为可持续的生活方式——简便却基本的事情，如减少生活垃圾、减少消费、不要过多依赖汽车、吃本地生长的食物、携带可循环利用的杯子，最为重要的是：走进大自然的怀抱。

然而自里约峰会后的十年来，我明白向领导人呼吁是不够的。正如甘地多年前所说："我们必须成为我们期望看到的变化的一部分。"我明白变化是可能的，因为我正在改变，并且正在研究新的想法。我还在选择如何过好我的生活。挑战是巨大的，可是假如我们承担起个人责任并且选择可持续的生活方式，我们就能面对挑战，成为积极改变潮流的一部分。

天空里最神奇的奥秘

文_大卫·鲍尔

无意中，我听见一个小孩子的话，这已经过去好多年了。那是在华盛顿，她的父母带她去看假日灯火。那个十二月的夜晚明朗而又清澈，孩子看到烟囱顶端一颗明亮的星星，说道："噢，看！星星亮，亮星星，我看到的今晚的第一颗星，我希望我可以，我祈祷我能实现今晚的愿望。"她的许愿中毫无可笑之处，就连她将人造灯误认为是数光年之外的闪耀明星，也丝毫没有减弱她的真诚。这是一个虔诚、纯真、包围着奇迹的光环的时刻。

我想，这并非偶然——星星是光芒、向导和希望的象征。它使每一个年龄段、每一种信仰、每一个国家、每一个时代的人备受鼓舞。在古埃及人看来，星星是幸福逝者的灵魂；而在现代科学家看来，星星是一个理性宇宙伟大定律的实证；对所有人来说，星星是奇迹的源泉。

星星亮，亮星星……星星蕴藏着一种美，那种光芒好像在向我们眨眼，似乎是与我们分享一个秘密笑话。它提醒我们，人总会有希望，只要我们不对自己过于严肃。它提醒我们远观和平衡的重要性。同事间的矛盾，投资上的失望，日常生活中的挫折，比起浩瀚的宇宙和那些笑意盈盈的繁星，是多么的渺小。它们邀请我们分享宇宙中的快乐。只要我们用孩童般的眼光去看，星星之美就如同一个笑口常开的孩童之美。

我看见今晚的第一颗星……这是另一个奇迹。每个晚上，我们都能看见第一颗星。如果真有心的话，我们一定能找到快乐。我们仰望第一颗星，思索个人的信仰和我们与无限的关系。我们能感受到灵魂的扩张，在我们再一次意识到自己不再受限于时空，我们的身体并非是人类，也远远超越了某种化学的偶然的时候。在规律的宇宙中不存在偶然。

我希望我可以，祈祷我会实现今夜的愿望，我们得到了明智的警告："要谨慎地许愿，因为你可能会实现它。"我们大多数人都经历过这样的事：我们希望某事发生，结果却又为它没有发生感到高兴。我们会成为自己所想的和所关注的样子。愿望具有一种力量，因为它是我们注意力的反应，这种力量能生效。做好打算是非常重要的。

所以，在这个季节，我祈愿你拥有孩童般的惊奇和快乐，这样你就能看到星星。热爱它的美好，许下一个心愿，使这个愿望变成现实。

华丽蜕变

喜欢镜子里的自己

文_伊丽莎白·切利

无论如何，你都要始终相信自己，爱你自己这个人，感激上帝给予你的一切——这是每个人都受用的"人生法则"。我认为人们一定要相信自己、接纳自己，唯有如此才能拥有幸福的生活。一个人最难做到的便是看着镜子，喜欢镜子里的自己。接纳自己、感谢上帝的赐福、相信你能实现自己的追求，这些对于我们来说是很难做到的。想让你的生活充实而满足，首先就需要让自己充满信心。

生活中，为了相信自己，我曾多次拼搏过。即使是面对完成家庭作业、把一支钢琴曲练熟这样的小任务，我也总是灰心丧气的。假如在开始一项任务之前，你信心十足地说："我能行！"你就会觉得生活从未如此轻松愉快。

四五年前，我开始学习弹钢琴，独奏会的日期一天天逼近，我却还有一支曲子没有掌握。回到家中，我带着一副丢盔弃甲的样子，态度也不好，觉得自己不能完成这项任务。我坐在钢琴的旁边，告诉自己永远都不可能弹好。要牢记那几个小节乐曲的事情，如今竟成了我的人生教训。最后，我终于练熟弹奏了那支乐曲，独奏会也进行得十分顺利。

回顾这段日子，最重要的是我懂得了这样一个道理：假如你全力以赴去做你想做的事情，那你就一定能做到。现在，我在弹不好某段乐曲，感到沮丧时，我也绝不放弃，绝不认为自己做不到。首先要保持积极乐观的态度，坐下来，告诉自己，只要用心，就一定能实现自己的目标。我认识到不管做什么，都应该抱着这种积极的态度去做。永远不要放弃，要坚信只要一心一意，你想做的事情就都能做到。

要爱自己，喜欢自己这个人。许多人很难做到喜欢镜子里的自己。当今媒体充斥着众多偶像，许多人纷纷模仿。女孩子要身材高挑；男孩子要高大，阳刚之气十足。作为一个十几岁的孩子，我十分理解外界给我们施加的压力。

每当我打开电视机，或者翻阅一本杂志的时候，总会看到小巧清瘦的身材，我便觉得自己也应该有同样的身材，而且花费了很多时间去期待自己也能改变一下形象，而不是将时间花在充实自己的生活上。时至今日，我也想得到完美的身材，不过我必须知道自己和杂志封面上的"完美"女孩一样美，必须清楚美重要的是人的内心，而非外表。

十几岁的孩子也会面临种类繁多的选择，酒精、毒品和性在一般青少年中是很常见的问题，尽管好多人因为我对这些叛逆行为不沾边而讥笑我、嘲弄我，可是我知道避开各种诱惑才会使我感觉良好。要成为一个受人欢迎、讨人喜欢的人，我没有必要去饮酒、吸毒、追求性刺激，我坚持自己的本色，学会爱原原本本的自己，而不是因为我的模样、我的作为，这样我才会真正地使我的生活更加快乐、更加充实。每个人都有权利享受快乐，重要的是学会赏识自己、爱自己。

感激上帝赐予你的礼物。在许多人没有住处、食物以及其他生活必需品的时候，我却幸运地拥有了许多。当我坐下来，因为16岁的生日礼物中没有汽车而闷闷不乐时，在世界各地还有多少孩子只是期待能吃上一顿饱饭。不要为不属于自己的荣华富贵费尽周折，多想想令你心怀感激的那些东西吧。

　　如今，自私的人不计其数，除了自己以外，他们对谁都不闻不问。上帝让我们到世上的目的就是让我们互相爱护、互相帮助的，但是我们好多人还是仅仅考虑自己需要什么。我们原本能够花更多的时间来感激上帝，感谢他将美好的一切赐给我们。要多想想你的天赋，要知道上帝给你的一切都是有原因的。假如你是个富有同情心的人，那你就到疗养院去看望那些无家无业的人吧；假如你拥有一副好嗓子，就应该到歌唱队用歌声为人们送去欢笑。感谢上帝将一切赐予你，并用你的天赋来帮助他人。

　　永远记住你要一直相信自己，难题就会变得容易。爱你自己吧，不要把自己跟别人做比较，你就是你自己。要感谢上帝赐予的天赋，你就要多开动脑筋，发挥自己的聪明才智。要让生活快乐而充实，重要的是要相信你自己，爱你自己这个人并要感谢上帝赐予的一切。假如人们按照我所遵循的"人生法则"生活，那他们就会感到心满意足、有成就感而且能充分发挥自己的才能。

为你自己而站立

文_麦娜·艾伦

　　我的脑海里浮现出一位中年男士在付款台旁边站着的场景。有一些东西使他显得很特别。甚至连装杂货的小男孩好像也意识到了，还满怀敬意地看了看那个男人，干起活来比平时快多了。

　　我努力观察这位中年男士的特别之处，发现他的外表看起来很普通。虽然他给人一种高高大大的印象，可实际上我看他比一般人还要矮一点儿。他没有十分突出的特征，衣着朴素——穿的就是那种在周末才穿的运动衣。

　　当这位中年男士离开时才真正触动了我：他走路的姿态就好像自己是一个非常重要的人，昂首挺胸，自豪地从市场中走了出去。

　　在我成长的过程中，妈妈唠叨了几百次的话，此刻突然有了新的含义。"站直了！就像耳朵上拉着两根绳子一样。"

　　我认为自己被拉直了，我的头和上身不由自主地挺了起来。当我走向超市门口时，感觉自己高大了许多。这次我看到了一个不同的自我，一个似乎知道自己要走向何方的女人！然而，当我匆忙地坐上五点钟回家的班车，又争分夺秒地赶在七点的会议前做好晚饭时，优美的姿态已经消失得一干二净。

到了第二天，当我在商店试衣服时才又想起这件事来，但凡我试的衣服都在不应该的地方鼓起来并起了褶。我侧身照了照，认为也许换一个角度我的形象会更好一些，那一刻我才真正意识到我的姿态是多么丑陋。我突然想起了超市中的那位男士，站得笔直，使他看起来很具吸引力，而且十分特别。我这么做的话，能不能使我的穿着更好看些呢？

我挺直了，迫不及待地又照了一下。衣服凸起的地方和褶子都不见了，我的线条也更好看了。我喜欢这件衣服！

"太好了！"一直帮助我的售货员说。

"你觉得好看吗？"

"是的，它使你看起来更苗条。"

千真万确，我看起来轻了5～7磅。我随即想起来一些关于控制饮食的文章标题，比如《如何在几周内减轻几磅》。现在我有了一个新标题：《如何在几秒钟内看起来更苗条》。

要是我站直了，是不是会看起来更年轻呢？我不情愿地承认也许这是真的。现在，我又有了一个新标题：《如何在几秒钟内看起来年轻几岁》。我慢慢地觉察到日常的购物不再让我背痛了。坐在回家的车上，我确信自己在其他方面也感觉更好了。因为，我把新鲜空气直接吸入肺的底部并呼出废气，我的内脏都在合适的位置上而不是挤在一起。 随后，我又想到了一个新标题：《如何在几秒钟内感觉更好》。

然而，站直了反而让我感觉到不自然，地球引力和多年养成的坏习惯总使我低头弯腰。也许这才是我在那天晚会上闷闷不乐的原因，我低垂着脑袋，无精打采地坐在那里。我不想与那些人为伍，这会让我感到不舒服，而且我知道自己会错话连篇。

晚饭后，当我不情愿地穿上新衣服时，我看了一眼镜子中的自己。"站直了！"我命令道，我想象着有绳子向上拉我。最后，我达到了最佳状态，就这样去参加晚会了。

好的姿态给我的相貌带来的改变让我很惊异，而更让我惊异的是它对我的精神、态度和自我感觉的影响。我猜想过程是这样的：当我站直了抬起头时，身体的一些小信号传输给我的大脑："你是自信的，你对自己评价很高，你是值得尊重的重要人物。"像我一样，其他人也发出钦佩我的信息。他们一定在想：噢，如果她认为自己是个值得尊重的重要人物，她就一定是。我开始感到很放松，也比平时开朗多了。那晚，当我上床睡觉时，我想到我还有另一个新标题：《如何在几秒钟内感到自信》。

随后的几个星期，我发现长期保持优美的姿态会不断地帮助我。我感到当我站得越挺直，我就越愿意拥护我相信的事物。站得越挺直，自我感觉越好。这使我变得更优秀，同时也给我的内心带来了更大的平静与幸福。

前不久，我买东西时，收款员用似乎认识我的眼神看着我。"喂，你不就是某个重要人物吗？"她问我。

"噢，想想，我就是，"我说，"我是个重要人物，我们不都是吗？"

每个成功者都知道的秘密

文_菲利普·斯密斯

　　1982年10月，在纽约城举行的马拉松赛中，一位25岁的女子跑完了全程。你可能觉得这没什么大不了的，如果你知道琳达·唐的情况，就不会这么认为了。琳达·唐患有脑瘫，她是第一位依靠拐杖完成26.2英里赛跑的女人。唐摔倒了很多次，但她毅然坚持跑下去，终于在比赛开始11个小时后到达终点。她身体的残疾影响了速度，但丝毫没有削弱她的决心。

　　亨利·沃德兹华斯·朗费罗曾说："开始是伟大的艺术，而更为伟大的是结束。"如果人人都有一个能帮助自己达到目标的神，那该多好啊！遗憾的是，没有这样的神。我们所拥有的内在动力，就叫做自律，而这种自律需要我们付出巨大的代价。潘得瑞·伍斯基的一场演出结束后，一位狂热崇拜者对他说："我要想弹这么好，需要弹一辈子。"这位才华横溢的钢琴家回答道："我正是这么做的。"

　　成就往往带有欺骗性，因为它背后的痛苦和坚忍，我们往往看不到。所以，我们常常把成就归结于头脑聪明、身体好或运气佳。别再自寻烦恼了，这三个方面我们都无法达到，我们自身某些努力的背后就有着成功的潜质，连续不断的练习并不能使我们成为钢琴家。只有坚定的意志，全身心地付出，才能达到目的。

如何做到坚韧不拔呢？没有简单速成的办法。我总结出了一种让我多次从困境中解脱出来的思维模式，以下是其基本要点：

　　"不"的力量

　　它和意志力同等重要。中国古代思想家孟子说过："人必须有所取舍，这样他们才能集中精力做好该做的事。"

　　自律意味着选择

　　确定一个目标，就等于放弃了追求其他目标。任何成功都要付出代价。成功就是我们锁定的目标，而其中伴随的代价并非我们所追求的。著名的乌克兰美籍男中音歌唱家埃戈·格里，讲述了他早期学歌的经历。他喜欢吸烟，一天，教授对他说："埃戈，你是想成为一名伟大的歌唱家还是一个烟鬼，你得择其一，不能两个都选。"从那以后，他不再吸烟了。

　　迟到的喜悦

　　畅销书《捷径》的作者斯考特·派克是这样形容他的自律方法的："这是一个合理安排苦乐时序的过程。这一过程使我们由苦到甜，从而让幸福升级。"

　　这也许囊括了平日生活中的大小决定，譬如放弃喜爱的晚间电视节目，早早上床休息，以便有清醒的头脑和饱满的精神参加第二天的会议。即使这样的小决定，或许也要坚持不懈。一个带着三个孩子的年轻寡妇决定让自己接受大学教育。她知道自己经济困窘，又没有多余时间，但她认为，这些牺牲与学历所带来的机会相比微不足道。如今，她已是拥有高薪的财务顾问了。

做到如此全身心投入的秘诀，是从繁重乏味中看到希望。"事实上，很多有价值的努力毫无乐趣可言，"辛迪加广播电台和电视评论员默特·克莱姆说，"的确，只工作而不休息会让人变成傻子。但想让每项工作都充满乐趣，只会遭遇更为惊骇的磨难，因为生活——即使是最具价值的一面——也有枯燥乏味的时候。我热爱自己的记者工作，虽然这工作并不总是充满乐趣，但我知足了。"

保持平衡

不要把自律和千篇一律混为一谈。完美并非我们追求的目标；掌控自己，从而保持平和的心态才是目的。

每个人都需要休息，工作之余，外出散散步或吃点儿东西。无论是哪种，只要能使我们精力充沛，恢复活力就行，但休息时间不要过长。这种劳逸结合的方式能让人精神焕发，也能更好地激励人们做好自己的工作。

要真正做到自律，就需要在自我调控上下工夫，而不是一味地拼命盲行。要知道，自律本身也需要管理。

自我发展

自律的人会更快乐，因为他们内心的潜在需求得到了满足。在我的一个研讨会上，一位女士告诉我，她6岁的女儿参加了一支游泳队，每天早上练习1小时，游2000～3000米。她还说起了她女儿和家里一个朋友的对话。

"你喜欢游泳吗？"那个朋友问。

"当然，我很喜欢。"

"游泳好玩吗？"

"不好玩！"

一个6岁大的孩子已经领悟到了大人们未曾体味到的东西，即自律和自我发展的乐趣。遗憾的是，自律一词往往令人生畏，听起来给人一种受限制和惩罚的感觉——就像一个不称职的长官偷偷溜到我们身旁，审查遵纪守法的状况。真正的自律不是困扰在心头的、势在必行之事，它就在你身旁，时刻催你奋进。你一旦明白，自律不是自虐，而是关爱自己，那么，你便会着力培养它，而不会退避三舍。

查尔斯·波斯威尔曾是阿拉巴马大学的一位足球明星，他想成为一名职业棒球运动员，但在"二战"期间双目失明了，但这并未阻止他"17次成为全国盲人高尔夫球赛的冠军"。他曾说："我从不计较失去的东西，我只在乎现在拥有的。"这就是自我发展，即自律。

改变习惯策略

很多人之所以失败，是因为他们总想用自己都厌烦的行为来替代坏习惯。

不止一个人这样跟我讲，他们想吃健康食品，但又不愿放弃可口的垃圾食品。他们应该考虑自己能吃什么，而不是不能吃什么。果汁加矿泉水是高热量软饮料的极好替代品，全麦和炸水果等点心丝毫不比糖果逊色。

改掉老习惯并非易事。研讨会上，一个很胖的女人走过来对我说："我缺乏自律，控制不了饮食，房间总是乱七八糟，感觉自己就像邋遢的懒汉。"我告诉她，她并非毫无自律性。"你参加了这次会议，每个阶段都及时到场，况且你还衣着整洁呢。"她笑了，我接着补充道："你减肥不成功或没把房间整理好，或许有其他原因吧。"

之后，我发现她果真有难言之隐。她一年前就成了寡妇。丈夫是一个酒鬼，结婚24年里，他经常辱骂她。她从未想过，一个糟糕的自我形象让她不能积极有效地改变现状。意识到这一点，她就开始寻求专业意见，采取措施给生活注入一些自律成分。同时，她的一些朋友也提出去她家帮忙清理屋子，这让她更坚定了改掉坏习惯的决心。

集中注意力解决关键问题

记得上学时，妈妈每天都喊："起床了！"我在被子里痛苦地挣扎到最后一刻，把妈妈也惹恼了。后来，我离家上大学，就得自己起床了。最后，我厌倦了和起床做斗争，决定闹钟一响就爬起来——仅仅是我想这么做，并没考虑自己的感受。这种方法很奏效，从那以后，我正常起床了。

《感觉良好，新心理疗法》的作者大卫·伯恩斯在这本书中写道："先有行动，后有动机。你得先给水泵注水，让它启动起来。如果想等到有心情时再做，那不知要等到什么时候。"不想做某事时，你可能会先把它放一放，但我们往往会在投身于做这件事后才会劲头十足。

自律是习惯的形成过程。它的益处很多，自律行为由少及多，久而久之，便形成了习惯。一旦彻底克服了旧习性，你就会感觉更好。自律时——无论是身体上，还是精神上——我们都处于最佳状态。

万事开头难

文_奥利森·马登

罗得岛州帕特基市的富商和慈善家海泽基亚·科南特回忆说："50年前，我想离开马萨诸塞州的达德利去开创自己的天空。起初父亲并不同意，可经不住我苦苦哀求。最终，1845年5月的一天清晨，农场里的那匹老马身上多了一辆旧的四轮马车，父亲和我拿出了只有节日才穿的盛装，踏上去往伍斯特市的路途。《伍斯特报》广告中的招聘职位是吸引我前往的主要目的，广告的内容如下：

招募男孩

急招一名男孩，工作地点在报社，要求身体健康，能吃苦耐劳。

伍斯特报，5月7日

"具体的薪水是，第一年30美元，第二年35美元，第三年40美元，老板负责吃住。我很满意这些条件。于是，到伍斯特市的第二天我就去了报社。伍斯特报的用纸是很普通的四页纸。没过多久，我就知道所谓的粗重工作的含义了。主要是用'华盛顿'牌手动操作印刷机印刷报纸；为了印刷每期大约2000份的周报，两个人每人需要10小时地轮流工作才能完成。每到星期五，外页的印刷工作必须结束，这更是让我忙得不可开交。

"在星期二下午三四点钟左右，内文便会被送来印刷，不到星期三凌晨三点，我不可能逃脱繁重的工作。三点后，我身心疲惫、步履蹒跚地去睡觉。除此之外，我还有一项艰巨的任务，从前门入口附近一块大石后面的水泵里打水，然后爬两层楼梯把水送到目的地。这已经成为我的日常工作了。

"刚去的时候，所有人都对我呼来喝去，很多人对我肆意辱骂，起一些五花八门的绰号。我还得没日没夜地工作：打扫办公室，冬天的时候生火，听人差遣，邮寄账单，取纸张，服侍编辑。本质上，我的生活与印刷厂学徒工没什么区别。

"不过，当他们发现我掌握了排字和操作印刷机的技术时，我便有了晋升的机会。我的工作被一个新雇来的男孩儿承担了，当然他也没能躲过所有的苦役。那是我首次获得成功，然后从那天以后时至今日，我从未因为一份工作或一个职位去恳求任何人，更不用说推荐信。不过，当遇到朝思暮想的重要工作时，我会绞尽脑汁地让那个雇主知道我的能力和性格。

"假如一些年轻人遇到事情便轻易放弃的话，我期待他们从我的经历中得到鼓舞和力量。刚刚踏上漫长、艰苦的成功之路时，你不会感到轻松，道理就像船只在海上航行一样。你一定要按照希望着陆的地方确定航程，并好好利用一切有益的环境。"

有一种广为流传的说法，许多年轻人知道本杰明·富兰克林的职业生涯后，都很受鼓舞。年仅12岁的富兰克林便离开学校，闯荡天涯。刚出校门，他只是埋头看书。不过，没过多久他便发现，自己光靠读书成不了学识渊博的人。意识到这点后，他马上采取了措施。

上学的时候，富兰克林就弄不懂数学。在数学上无可救药的富兰克林甚至还有两次放弃的经历，最后离开学校时，富兰克林早已对数学彻底绝望。然而没过多久，这个印刷学徒就体会到了贫乏的数字知识所带来的重重困难。面对在学校期间让他头昏脑涨的"算术"，大约14岁的富兰克林第三次发起挑战，并最终体会到掌握数学带来的方便与快乐。

随后，在一本囊括几何学入门知识的航海著作中，富兰克林真正理解了书中的真谛，因此感受到了"数学的无穷魅力"。我们还听人说，为了改进写作技巧，富兰克林后来还学习了一门类似的课程，并最终成为同时代的杰出人物。年仅16岁的富兰克林，写文章的水平已经达到登峰造极的程度。有一次，富兰克林私下里把自己的文章寄到他哥哥的报社，很多人误认为是一些文学界知名人士的杰作。

通常，那些克服障碍、劣势和挫折的人才能获得最大的成功。

打开成功之门的钥匙

文_保罗·路莫林

一个人最重要的品质是：信心。在人生的每一个领域，它都具有无法估量的价值。特别是在商业或任何伟大的成就当中，它显得更为重要。不幸的是，这个重要的技能我们却几乎无处可学。但是，它既然是一项技能，只要方法得当，就能培养起来。

知识是获取信心的第一种工具。认知自身的强项和弱项，认知你想有所成就的领域。但是，只有知识还不够，知识只有通过实践证明以后，才能带来自信。我们把所想的或者所信仰的理论，放到真正的实际中去证实，从经验中收集数据或者反馈信息。如果反馈的信息是积极的，我们的理论就是正确的，从而采取相应的行动；如果反馈的信息是消极的，我们当中勇敢的人会改变局势，而更多的怯懦者通常会被这些消极的反馈阻挠，停止了前进的脚步。

通过了解、理解和正确运用下面这些原则和因素，通常可以获得信心。

（1）知识 + 经验 + 积极反馈 = 自信。

（2）成功的结果带来积极的反馈。

（3）成功的结果源自不懈的努力和反复的尝试。

（4）唯有相信自己终会成功，才能不断尝试。

这个原则似乎表明，我们必须相信自己有能力成功，才有可能经历某些成功。确实如此。信心原则中的知识部分就源于此，也是原则中第一个等式成立的原因。在没有任何尝试就相信我们会成功前，我们必须拥有一些知识，如成功需要什么，要有怎样的优势和能力的综合作用，也必须了解"失败"的真相。

尝试了，却没能如愿达到目标的结果，不是失败。只有当我们承认达不到，并放弃尝试时，才会出现失败。事实上，只有两种方式会导致失败。（1）在达到真正想要的目标前，你放弃了；（2）继续在错误的道路上前进，因为，你最初作出的选择是错误的，但你仍执拗地坚持。

举个例子，假设你开车去见一个朋友，但地点不熟悉。你走错了方向，迷路了。

在第一个失败的原则中，你发现自己迷失了方向，并试图改正路线。但是，你偏离得太远，因而不能一次性改正，回到正轨。所以，你要一次又一次地改正。三四次以后，你确信永远无法找到自己的路。于是，你放弃了，停下了车，你的目的地将永远无法到达。

在第二个失败原则中，尽管你走错了方向，但你必须坚持。因为作出一个新选择，意味着你作出的最初选择让你迷失了方向，你失败了。所以，你坚持在错误的道路上，尽管知道它是错误的，错得有多严重，但仍然拒绝改变。

上文中提到的这两种假设听起来很荒谬，但是，在达到目标前就放弃或离开，或者仍坚持已经发现的错误的人，在这个世界上还有很多。

你必须愿意改变你的路线，并且坚持改变，一次又一次地根据需要进行调整，去接近你的目标，才能确保成功。你是否能达到目标，取决于你认为自己终能成功的信念。这就又给我们带来了信心原则。

你对自己和自身能力的了解，以及懂得如何使它们产生更大的效用，会产生一种信念，让你坚持不懈地去尝试。在当今这个匆忙的世界，有时，我们忽略了认真去审视自己最有价值的资产——自身。只有自知和自我了解，能让我们相信，自己拥有找到正确的解决方法和达到目的的能力。

不了解自己的人容易走弯路，他们的个人范畴模糊，精力没有集中。深入而准确的自我评估，可以为我们实现目标导航。没有核心力量和明确的个人界限的引导，我们绝不可能成功，因为我们的目标是什么，或者应该怎么样，连自己都不清楚。

了解并尊重自己本质的人，才会开心快乐、精力集中、目标明确。他们有基本的工具尝试新事物，树立新目标，并持之以恒地去追求，这些人才会获得成功。他们成功是因为每一个目标的达到，增强了他们对自己有能力成功的信心，使他们更努力地去尝试更多。充分的自信会产生好的结果，有充分的自信，就一定能获得成功。

努力永远有机会

文_尤利安·菲克斯

由于我的分数太低了，科罗拉多大学法学院的院长决定，我从下个秋季开始就不能再回到学校上课了。他说，我永远不可能成为一名律师。即使是今天，我也无法用语言来形容当时的烦乱心情，以前，我在重大的事情上还从来没有真正失败过。毕竟，波尔得的科罗拉多大学是一扇通往司法职业和名气很高的律师事务所的大门，它就是一座泰姬陵。

然而，我决定再尝试一下，于是就去找威斯敏斯特法学院的克利福德·米尔斯院长，这个法学院没有终身教授和法学刊物，是一个穷人学校。在看了我的大学成绩单之后，米尔斯决定接受我进入威斯敏斯特法学院，条件是我要认真地重读一年级的所有课程。他说："我会一直关注你的表现的。"

一扇门关上了，其他门敞开了。

得到了第二次学习的机会，我更加努力地学习，并且逐渐对证据法产生了浓厚的兴趣。第二年，教这门课的教授去世了，学院居然请我教授这门课程，这种事情在波尔得那样的法学院简直是无法想象的。多年来，我一直为全国各地的法官、法学专业的学生和见习律师讲授这门课程，证据法成为我的终身专业。

与此同时，白天我在丹佛市检察官办公室做职员，这是一份没有什么吸引力的工作。然而，这段经历让我在毕业后找到了担任市助理检察官的工作。

　　我在28岁的时候成为一名县法官，同时也是丹佛市最年轻的法官之一。后来，我当选为地区法官，再后来，我被总统任命为联邦司法部美国地区法官。最后，我又回到了波尔得，为的是接受科罗拉多大学的乔治·诺林奖和荣誉法学博士学位。

　　每个人或早或晚都会在人生大事上遭遇一些短暂的挫折，不管是工作、梦想还是各种关系。正是因为被法学院开除，我才成为一名更加优秀的法官。毋庸置疑，这个经历让我认识到了人性的弱点，认识到给予别人第二次机会的重要意义。

　　除此之外，我也从失败中懂得，人生的旅途充满了不可预知的岔路口和意想不到的明天。你不能让自己被失败摧毁，不能让别人束缚自己实现梦想的能力，而是要充分利用这些挫折。

执著的追求带你走向成功

文_汤姆·莫里斯

我的朋友唐一直自认为是一个音乐家，他上初中时打过手鼓，然而，我记得他打得并不好。此外，他还自认为是一个歌唱家，但是，他把握不准音调。

许多年过去了，我们早已失去了联系。我读了大学和研究生，毕业后在圣母玛丽亚大学担任哲学教授。为了实现当歌手和歌曲创作者的梦想，唐继续奋斗着，并且把家搬到了纳什维尔。

刚搬到那里，唐就开始充分利用有限的资源，他买了一辆二手小轿车，晚上就住在里面。为了能够在白天的时候拜访唱片公司，他找了一份晚上上班的工作。此外，他还学习弹吉他。这些年来，他一直坚持创作歌曲、练歌，并且不断地去唱片公司寻找机会。

有一天，一位朋友给我打来电话，他也认识唐。他在电话里说："听听这个。"然后，他把话筒放到扬声器的旁边。我听到一首很好听的歌，歌手唱得很棒。我的朋友说道："那就是唐，朱庇特唱片公司，这首歌已经登上了全国歌曲排行榜，你相信吗？"

这简直令人难以置信，这首歌是唐创作和演唱的，他实现了梦想。从那时开始，唐·施利茨一共录制了23首歌曲。正是由于对梦想的执著，唐终于获得了成功。

我曾经读过关于人类美德和个人成功的世界优秀文学作品，发现唐几乎是凭着直觉在做的事情却遵循了书中的一些原则。我发现，走向成功需要具备三个基本条件：

树立目标。对成功的追寻往往源于目标的树立。有许多人就像梦游一样，在生活中迷失了方向。他们从来不问问自己："我正在做什么？"每天只是做着相似的事情。因为没有目标，他们也不知道自己在做什么。

树立目标就意味着集中精力，然后朝着一个明确的方向前进。你首先要清楚什么是自己想要的，为了让这些目标更加清晰，用笔记下来，然后写上日期。

想象自己实现目标的情景也是一件很重要的事情。失败者想到的是失败后遭到惩罚的情景，而成功者想到的则是成功后的荣誉。从运动员、企业家和演说家的身上，我都看到了这点。

对于这条原则，我深有体会。我曾经很害怕坐飞机旅行，于是，朋友们就找来空中与地面交通安全性的对比资料给我看，然而，这些对我来说只是徒劳。我读过许多描写飞机失事的文章，并且能够非常逼真地想象出那些画面，我无意中就把自己变成了一个恐惧飞机旅行的人。

此后的一个夏天，一个与朋友乘坐私人飞机度假的机会降临到我的身上。我真的不想失去这个非常棒的度假机会，于是，我用了两周的时间，一直让自己想象在一个阳光灿烂的日子平稳地乘坐飞机旅行，最后顺利着陆。

到了起程的那一天，我迫不及待地想开始度假之旅。我登上飞机，然后坐着它在天空飞行，这让大家都感到很意外。我很享受坐在飞机上的每一分钟，直到今天乘飞机旅行的时候，我仍然使用这种方法。

寻找比你懂得多的人。我父亲在17岁的时候离开北卡罗来纳州的卡梅伦农场，动身前往巴尔的摩市的马丁飞机公司求职。当父亲被问到想干什么工作的时候，他答道："所有的工作都想试试。"

他解释说，他的目标就是把工厂中的各种工作都学会。他想去一个部门，搞清楚那里的工作，当主管人员觉得他的工作像其他人一样出色时，他就去另一个部门重新开始。人事部门的人员同意了这个与众不同的请求。到H.T. 莫里斯20岁的时候，他把这个大工厂里的所有工作都做了一遍，并且开始担任薪金很高的实验设计。

每到一个新部门，他总是寻找那些从事这项工作很长时间、阅历丰富的人做朋友。一般情况下，刚来的人由于担心别人看出自己是个新手，都会与这些人保持距离。

我的父亲将自己想到的问题一一向他们请教。以前从来没有人向他们讨教这些问题，他们喜欢上了这个勤学好问的年轻小伙子，并把自己摸索出来的窍门都教授给他。这些经验丰富的老师傅成为他的良师益友。

不管树立什么样的目标，你要努力与比你懂得多的人成为朋友。把这些人当成自己的榜样，一边做，一边调整、完善自己。

要坚持不懈地追求自己的梦想。成功者与失败者之间最大的区别通常是毅力，而不是才能。许多颇有才华的人在中途就放弃了，有谁愿意承担一次又一次惨遭失败的风险呢？然而，那些获得了巨大成就的人是不会放弃的，他们就是那些跌倒了再站起来的人。

不要害怕失败

文_尼科拉斯·雷奥哈德

许多职业专家将失败鼓吹为"成功的润滑油"。这种说法并不是让你为了获得神秘的胜利，而先将自己推向某个灾难的边缘。这仅仅是那些成功人士对失败的一种认识。他们能够欣然接受失败，并从失败中懂得：无论尝试什么，都是成功的最好机会。

噢，你在学校或爱情上也许遇到过一些小的挫折，但是这样的失败是毫无意义的。乔治·华盛顿大学的社会经济学教授阿米塔伊·埃茨奥尼说："永远不要害怕，人人都有一次机会，没有谁会一生都失败。"

意识到失败是很容易的事。《当聪明的人失败时》一书的合著者卡罗莱·海厄特说："通常，失败会伴随着金钱、自尊或身份地位的损失而出现。"至少，失败的结果是得不到你想要的。

《当不幸降临在好人身上时》的作者罗比·哈罗德·库沙尔说，并不是说理智的人应该盼望灾难的降临，但是巨大的挫折往往是痛苦的深刻教训。它"能让你知道自己的长处，了解自己的短处"。库沙尔写道："经历挫折是成长过程中的重要一课。"

从失败中汲取教训的人才是企业领导青睐的对象。拥有亿万资产的实业家H. 罗斯·佩罗特说："不断的成功会助长自大、自满之情。我想要那些喜欢战场，愿意斗争的人才。"这其中包括犯诚实的错误。H.罗斯·佩罗特又补充说："失败者本能地避开冒险，即使是面对形势较好的投机机会时也是如此。你从失败中学到的东西，要比从成功中学到的东西多得多。失败仅仅是在寻找新的挑战时所付出的代价。"

如果害怕失败而让你举步维艰，这里有几条有益的建议：

1. 停止使用"失败"一词

有较高成就的人很少提到"失败"二字，因为使用这个沉重的词说明这个人无法再继续发展。他们更喜欢"小麻烦"、"修正方向"等词。

2. 不要因失败而沮丧

当事情进展不顺利时，你是否本能地为自己贴上了"失败者"的标签？你评价自己的语言可以变成一种有力的现实。一次又一次地称自己是位尚未被雇用的售货员，而不应说自己失业了——也就是你在社会生活中的失败——这样说，你就可以认为自己是"拥有选择权"的人。你可以选择参加学习班来培养新的技能，或者勇敢地选择从事另一个行业。

3. 做好准备

规划一个灾难计划来帮助你自己在灾难降临时不会受到影响。问问你自己，会发生的最糟糕的事情是什么？设想一下失去工作或配偶的情形，会让你清晰地考虑现实的选择。你有足够的保险或存款来使你渡过困难时期吗？如果你的老板解雇了你，你的才能会为你带来收入吗？请记住，汉字中"危机"一词的词义包含两方面："危险"与"机遇"。

4. 学会聪明地失败

休斯敦某大学教授杰克·马斯顿开设了一门课程，该课程被学生们叫做"失败101"。他让他的学生制造没人会买的冰激凌棒模型。马斯顿说："他们设计成像仓鼠似的热容器和在飓风中放的风筝。"

尽管这些想法都很可笑，可是一旦学生们把失败看做创新而不是失败时，他们会很勇敢地去尝试做任何事情。马斯顿说，在获得成功之前，大多数学生都至少失败了五次，他们学会了不把失败当做最后的结局。"学生们学会了整装待发，再次准备尝试。"

5. 永不言弃

1975年，厄尔利的哈里森堡建筑公司破产了。那时25岁的他向家人借钱维持经营，而并没有宣布破产。他继续做建筑工作，努力掌握管理上的复杂关系。1982年，他厚着脸皮又借了更多的钱来重新开办自己的公司，并于困难时期在银行中留下了良好的口碑。

厄尔利谨慎地扩大了自己新建筑公司的规模。他还去学校学习商业管理课程。1988年，厄尔利的公司被《Inc.》杂志评为世界发展最快的500家企业之一。

厄尔利没有自满，他时常会想起那段艰难的日子。他说："我不因成功而自满，所以我总在努力发展我的事业。"

去做

文_马库斯·普洛特里奇

你曾有过醍醐灌顶的感觉吗？

我永远忘不了那一天——2001年1月18日星期四晚8:05。

我需要在此说明一下，好让你对我有所了解。我第一次上大学是在1997年9月，那时我作为一名44岁的成人学生，穿梭于玛丽安学院的各个教室之间。上大学是我的夙愿，但进了大学并未缓解我内心的紧张感，也未使我的自信有所提升。我现在已经修完了96个学分，还要再修33个。从踏进大学校门到现在，已经有52个月了，这漫漫长路，我一路走了过来。

在我选修的市场营销学课上，帕姆·施伦沃特老师谈到"去做"，她的一番话，我至今记忆犹新。

她说，人的一生中要作出许多选择。有些选择很明智，有些则欠考虑，她希望我们能从已作出的选择中汲取经验教训。那晚，她和我们讨论了个人的"态度"及其影响这个问题。她发给我们一份题为《生活是一种态度》的讲义，还与我们畅谈责任感、坚忍不拔、真诚、正直、信任、理解、奉献以及卓越的成就。她还说，我们无法选择生活中所发生的事，但对已发生的事情，我们能选择自己的态度。

倘若我们总认为人生路上的种种选择都是必须作出的，那么，我们终有一天会崩溃。她说，我们可以换一种态度对待每天呈现在我们面前的各种机会。如果我们用"去做"的心理看待这些机遇或挑战，而不是视这些为"必须作出"的抉择，那样，或许我们会生活得更开心。

我决定在此后的两三天里，与亲朋好友、同事交谈时，最重要的是在自己的思想中，有意识地把"必须作出"的字眼换成"去做"。最终，结果让我大为吃惊。我注意到所有需要我"去做"的事，并开始欣赏人生旅途中的种种机遇和挑战。

试想：

我实现了自己上大学的梦想。

别人失业了，我仍能上班。

洗衣服时，我为有洗衣机和烘干机而满怀感激。

我与孩子们一同玩耍，他们值得我倾注更多的注意力。

我把时间花在陪伴需要帮助的朋友身上。

在我视力尚佳时，要多读书。

我要铭记那些令我快乐欣喜的事。

······

我要让你接受一个挑战。在随后的一两天里，把你的每一个"必须作出"的想法和谈话变为"去做"，看看那样是否会给你的生活带来变化。

恒心与毅力

文_塞缪尔·斯迈尔斯

　　1510年，伯纳德·帕里希出生于法国南部阿让的主教郊区。他的父亲可能是一位玻璃商人，帕里希从小就跟随父亲做生意。他家境贫穷——太穷了，以至于无力供他上学。帕里希后来说："除了从天地万物中学习知识，我再也没有可以翻阅的书籍了。"然而，他学会了将素描加入到玻璃绘画中，然后又学会了读书和写字。

　　大约在帕里希18岁的时候，玻璃生意变得越来越不景气，于是他离开父母，外出去寻找自己的落脚之处。帕里希首先来到加斯顿，随后又向北部迁移，就这样辗转走遍了法国的各个地方。

　　直到十年后，帕里希因为结婚才停止了"流浪"生涯。尽管这并不是他的过错，但孩子的出生还是增加了生活的负担。帕里希尽自己最大的努力经营生活，可是他的收入实在太少了，根本不能满足生活所需。后来，他将精力集中到了陶器画的创作上。然而，帕里希对这一行却是一窍不通，在开始制作之前，他从来没有看过陶器画的制作流程。所以，他必须在没有任何帮手的情况下，一切从头开始。尽管如此，帕里希还是满怀希望，始终带着恒心和毅力如饥似渴地学习制作知识。

帕里希偶然看到了一只做工精美的意大利杯子，这促使他开始考虑进行新艺术的创作。对那只杯子的一瞥彻底打乱了帕里希的生活，从那以后，研究瓷釉的决心占据了他的全部身心。也许帕里希本该只身一人前往意大利探寻瓷釉的奥秘，但是他无法丢下妻儿不管，于是就带上他们同行。满怀着找到陶器的制作与上釉方法的希望，帕里希在家人的陪伴下向前摸索着。

　　起初，帕里希几乎连瓷釉的调配原料都弄不清，于是他开始了各种试验，以确定瓷釉中的原料到底是什么。他将所有有可能制出瓷釉的材质捣碎，然后买来普通的陶瓷罐，也把它们打碎，将自己混合的材料涂抹在碎片上，最后放到高温炉里烧制。他的试验一次次失败，结果只是白白摔碎了罐子，浪费了燃料、药物、时间和努力。

　　结果证实了帕里希的第一个炉窑是失败的，他又继续建造了另一只炉窑。在这个炉窑里，他燃烧了更多的燃料、损耗了更多的药物和罐子，同样也浪费了更多的时间，直至生活一贫如洗。每次试验做完后，帕里希都要拿出碎片察看，然而，令他沮丧的是，所有的实验都失败了。但是，失败的他并没有气馁，而是下定决心重新开始。

　　两年来，帕里希的实验始终没有取得可喜的成果，他的生活也再一次窘困不堪。不过，他下定决心再做最后一次尝试。

　　帕里希从砖场背回砖头，既做砖匠又做砖工，亲自建造了一个炉窑。最后炉窑建好，一切就绪。他为最后的努力积聚了大量的燃料，认为一切都准备就绪了。实验终于开始了。

帕里希一整天都守在炉窑旁，往里面添加燃料。整个晚上他就这样看着、不断地添加燃料，但是瓷釉并没有熔化。三天三夜过去了，接着第四天、第五天、第六天也过去了，六天六夜之后，不服输的帕里希依然观望着、不停地添加燃料，然而瓷釉还是没有熔化。

　　于是，帕里希开始为自己的新实验准备原料和添加剂。但是，他拿什么来买罐子？他现在已身无分文，不过他可以向别人借钱。尽管妻子和邻居都认为帕里希将钱浪费在毫无意义的实验上是很愚蠢的行为，但他的品性还是受到认可的。帕里希成功了，他从朋友那里借到的钱，足够买更多的罐子和燃料，他又开始准备下一步的实验。

　　这是最后一次，也是最令人绝望的一次实验。炉窑中的火在燃烧，炉窑中的温度在上升，可是瓷釉依然没有熔化的迹象。燃料开始不足了！

　　帕里希的妻子和孩子跑出家门，发疯般地在镇上呼喊着帕里希疯了。因为他们发现帕里希把家具当木材烧了。

　　帕里希还在逐步对实验做着改进，他要尽最大可能创造出最完美的作品。如今，他的作品被古玩家们公认为"橱柜中的宝石"。

时间与机遇并存

文_阿尔伯特·哈伯德

首先，我们应该知道：睿智的人与普通人的智商并没有太大区别。伟人也并不像大多数人心里想象的那样具有传奇色彩，而表面看来愚笨的人也并不是无所事事的。我们评价一个人的时候，通常把他的行为当做一场"展示会"，要看看他能否找到一个展示自己的平台，看看他的平台上是否有我们想看到的"商品"。

"人类的灵魂可以包含一切，而知识仅仅是我们记忆中的一部分。"爱默生的这句话看似简单却意义深刻，其实许多人拥有的知识都要比他们想象中的多很多。人们的潜意识中潜藏着无数真理，一旦你肯召唤它们，它们就会从沉睡中醒来。

怎样才能将自身潜藏的能力发挥出来呢？你首先应该学会向他人阐述自己的思想。而且，你必须让自己的精神、潜意识，与过去的经历和谐地融合在一起，这样你才能向他人展现出一个真实的你。

换言之，你一定要跨越时间与空间的界限，将那些被遗忘了的美好事物发掘出来。比如：画家作画时通常不以笔下的画布为限制，处于创作中的作家通常会忘记自己身处何地；歌手那悦耳的声音会让自己的心与观众的心一起飞扬；演说者进行了一个小时的激情演说后，通常会觉得时间仅仅过去了五分钟而已。

当人们将潜藏的能力发挥出来时，通常会陷入一种入迷的状态。而且，他们常会对自己流露出的潜藏的知识与见解感到惊奇。有些人在达到这种状态之后会有超常的发挥。不过，他们并没有认识到这种发挥是源于潜意识中潜藏的能力，所以他们通常把这种超常发挥的原因归功于自身以外的神灵。

在处理事务时，人们的思想往往会有主观与客观之分。客观思想能够将见到的和听到的一切都吸收进来。而主观思想则会将客观思想所吸收的一切储藏起来。当客观思想处于"熟睡"的状态时，主观思想便会体现其应有的作用。

因为很少有人能够进入那种"入迷"的状态，所以当客观思想处于休眠状态时，人们大都不肯唤醒潜意识中所蕴藏的真理。

正如一个商人，他一定要提高警惕，必须跟上事情进展的步伐。否则，一旦自己处于迷糊状态时，他的竞争者就会夺走他的一切。

然而，你如何才能将潜意识中的宝藏充分挖掘出来呢？

一位老师不耐烦地对他的学生说："你唱得很好，可你没有将内心的爱渗透到歌曲中。"一旦你遭到他人的嘲笑、忽视，甚至被抛弃时，你一定会产生一种绝望的情绪。假如你能从绝望中重新站立起来，那你的声音肯定会像天使的声音一样悦耳，那时，所有的人都将追随着你。

或许你的思想更热衷于那些能够使你觉得满意、舒服的事情；或许你愿意用客观思想考虑问题，却让自己生活在一个理性的世界中。然而，请试着放飞你的爱吧！不要让自己生活在患得患失的梦境里。

　　让我们睁开双眼看看这世间的恒久吧！那样你就能完全忘记现实，进入到潜意识的王国中。

因为有你

快乐三明治

文_查尔斯·扎诺尔

　　直到去年听到瓦伦·泽冯因患肺癌而生命垂危的消息，我才知道他是谁。他身兼歌手与作词者身份，而我比较熟悉的他的一首歌曲就是那首著名的《狼人》歌曲。影片《金钱本色》中，汤姆·克鲁斯绕着台球桌昂首阔步地走着，自动唱片点唱机里播放着的就是这首歌曲，而那一直是我最喜爱的电影场景之一。

　　泽冯的病情引发了娱乐界人士似乎是发自内心的支持。大卫·莱特曼还特意为他制作了一期电视节目，并在节目中询问泽冯对他的疾病有什么感触。泽冯的回答是："享受每一份三明治。"

　　如果说这句话很令人振奋，也许有点儿夸张，可是它的确给了我很多启发——它与那些受疾病威胁、危及生命的患者的故事形成了对比，那些故事旨在振奋人心，听起来却不合乎人之常情。这些故事中的主角勇于挑战，什么山都敢爬，最终乐观且体面地结束了生命。

　　我敬仰这些人积极的人生态度以及他们的精力，然而我与他们没有丝毫共同点，而且他们和我认识的任何一个人都没有相似之处。但是，我和泽冯有着相同的感触。

2002年2月，我被诊断患上了淋巴癌。从那一刻起，我渐渐认识到，那些令人惊异的故事只不过是更大"阴谋"的一部分，它的目的就在于让居住在这个国家的每一个人过上最充实的生活：多旅游，学会演奏大号，给我们的孙辈讲述罗马帝国的衰败，造自己的车床，用前院的那棵樱桃树做成沙拉碗并送给所有邻居。

单单从其本身来考虑，这些做法都不错（或许排除做沙拉碗这事），但是我对这一文化的高要求持怀疑态度，即：不管我们是否健康，活动越多越好。我不想与那些患有灾难性的疾病却要在他们的地图上标出更多旅游目标的人争论，然而，我们中的有些人完全能在我们现存的这个世界中找到崭新的生活内涵。

接受化疗以后，我已经经历了几次突发式的短暂"禅定"（佛教禅宗修行方法之一），这是一种让人印象深刻的宁静，夹杂着一股强烈的意识，感觉那一刻的所作所为正是自己所追求的——不管我是坐在餐厅看报，在床上看书，做饭还是和妻子一起看电影。在确诊之前，我也曾有过这样的时光，却不像现在这么经常，这么容易。

这种幸福的感觉是一种让人喜悦的变化，可是我不能说这是由于应该优先考虑的事情发生了重大转变所造成的。这里所说的只是很小的变化。在患癌症之前，我就不认为自己是只重视物质的人，现在的我就更不重视了。以往的我，经常盼望去观看现场表演——戏剧、交响乐、演唱会。然而，现在的我更容易满足于这些普通的日子，我不再觉得如果不去现场我会损失什么。家人和朋友对我来说一直很重要，而癌症则把那些和你亲近或不亲近的人区别开来。

在化疗的过程中，我的头发脱落了，不想吃东西，体重剧减。我脸色难看，声音微弱。我在与人进行复杂内容的谈话时，都感觉很吃力。除此以外，我自认为给别人留下了良好的印象。然而让我感到惊异的是：有些人在躲避我，而另外一些人则一如既往地忠实于我。

有关疾病和婚姻的那句老话说得好——历经考验的关系并不是一成不变的。我是幸运的。吉恩给我的爱和支持是坚定不移的。我明白，在与癌症的搏斗中，她会在我身边，即使是最艰难的日子。

淘气的天使

文_惠特尼·L. 葛拉德

我很了解我的学生们。在我们乡村中学里，每天都会有一群七年级的学生，背着双肩背包，沿着走廊的瓷砖地板一边嚷嚷，一边慢悠悠地从一间教室走到另一间教室。我站在教室门口看着他们，就像一个将军在阅兵似的。我为能叫出他们每一个人的名字而感到高兴。

我知道他们的秘密以及他们的故事。多拉是一个懒散而害羞的女孩，我知道这是因为她在家的时候不愿太惹人注意，以免因闯祸而遭到继父的殴打；杰伊可以像一个十年级的学生那样投掷棒球，当他顶着一头金黄色的头发大摇大摆地走过时，所有女孩都欣喜若狂，但是我知道他对棒球根本没兴趣，只是不敢违抗父命而已，他也不敢跟自己喜欢的女孩约会；孩子们都认为基思只是班上的小丑，但是我知道他梦想能成为一名宇航员，所以我把他推荐给了一个太空夏令营。

我了解我的学生们，因为我是他们的写作老师。他们信任我，并告诉我他们的故事，所以我有了与他们每一个人分享秘密的特权。

我教给我的学生们文字的力量，尝试着让他们通过写作来释放自己，表达自己。在写作课上，我们学着相互信任，因为我们知道公开而诚实地写作是多么困难的一件事，我们学着鼓足勇气来分享我们的语言。在教室里，我们每天都可以欣赏到孩子们的勇气，我总会为学生们的心里话而感到震惊。

一个有关勇气的例子发生在"作家工作室"中的一个自愿分享作品的环节中。学校里来了一个名叫阿尔的新学生，他很瘦小，一张娃娃脸上还有两个小酒窝，这让他看起来比其他同学都小。

事实上，当阿尔在两周前第一次来到班上时，一个同学就说："你不该在七年级，你还是个孩子呢！"

阿尔立即回答道："我叫阿尔·比尔史灵顿，我上七年级。"

尽管他的勇气可嘉，可毕竟刚来到我们班，他仍然处于适应阶段。所以，当他自愿要在"作家工作室"上朗读自己的作文时，我感到很惊讶。像往常一样，我笑着点头示意他开始朗读，心里也在为他默默地祈祷，希望其他同学不要在他朗读之后取笑他。教室陷入了沉寂，阿尔开始朗读了。

"如果说我有一个愿望，那就是可以见到爸爸……"他的声音洪亮而清晰。在朗读的大约15分钟里，他引起了我那些通常不安分的七年级学生的注意。他讲述了自己从未见过父亲的原因：当他还是个小孩时，父亲就离开了家。他和大家分享了一些他的秘密，他如此小的年龄就要为成为家里唯一的男子汉而努力，割草，修理损坏的下水道。他传达给我们一种思想：他的脑海里满是他的父亲在哪里，以及他为什么离开的疑问。

我环顾教室四周，寻找着班级里窃笑的面孔。我知道这些学生喜欢取笑别人，但是此时没有一个窃笑者，没有四处张望，没有不耐烦的表情，也没有要攻击的架势。同学们都在听着，确实在听。他们都望着阿尔，像海绵吸水一样倾听着他的话语。我的心里满满的。

阿尔继续朗读着，叙述着他的梦魇，叙述他自己从不知道有一个男人对他来说是这么重要，但是这个男人又是那么地不真实。当他朗读着如此深情而真诚的话语时，我可以听出他的声音在颤抖，我看到他那有着两个酒窝的脸颊上淌下了一滴泪珠。我看了一下观众，杰西卡和其他几个静静倾听的同学也是泪眼朦胧。

我想，他们允许他这样做，允许他分享一些或许他从来没有与别人分享过的东西，而且他们没有歧视或取笑他，我哽咽了。

在结尾的时候，阿尔竭力朗读着最后一句话："如果说我有一个愿望的话，那就是能见到我的爸爸，这样我就不会……"他的泪水已经决堤了，我们也是。"……这样我就不会每天晚上躺在床上想象他的样子了。"

在我没有作出任何暗示的情况下，全体同学起立为他鼓掌。当大家纷纷跑上前去拥抱他的时候，阿尔笑了。

这就是我之所以教书的原因。之所以教书，是因为我可以在那些面孔下面了解到一些故事，是因为我可以看着孩子们成长、欢笑、学习和友爱，更是因为那些像阿尔一样的学生。

母亲的爱之味

文_丽娜·朱丽叶

恼人的疼痛纠缠了我几个月后，一个朋友提议让我尝试一下维生素和一些有机的、未提炼的油类产品，以促进我身体健康的全面恢复。

我正对尽快恢复求之不得，所以毫不犹豫地接受了朋友的建议。然后，当我试用这些补品以后，头疼减少了，精力更旺盛，这令我十分满意。看来是这些补品发挥了作用。在需要购买补品之前，我每天都按时服用五粒胶囊。

我查看商品的邮购目录，找到自己要订购的东西。然后，我又往下看，看到任何一位好母亲都不会错过的产品。我发现我一直服用的油类补药还有儿童系列。我认认真真地看了一下说明书，然后毫不犹豫地签了订单。

我很快就收到了订购的商品。那会儿，我的大儿子和二儿子还没放学。我先是把刚出炉的果仁巧克力蛋糕放在厨房的案子上凉着，然后满怀兴奋地等待儿子们回家。看着漂亮的小瓶子——里面是为孩子买的特殊商品，我感到很高兴，并且会心地笑了起来。瓶子上的图案是可爱的丛林小动物，大大的粗体字进一步突出了这种产品拥有绝妙的奶油糖果香味。一个非常醒目的标题告诉我们：把它放在甜点上味道会更加美妙！这时，一个想法在我的心里突然闪现。

我的儿子们蹦蹦跳跳地从街上跑回来，然后就坐在厨房餐桌旁各自的老位置上，满怀期待地准备享用下午餐点。不出所料，当我说出做了果仁巧克力蛋糕时，他们差点儿口水直流。我小心地给三个儿子每人切了一块还有温度的蛋糕。

　　我先引开他们的注意力，然后在蛋糕上滴了几滴黏稠的补品油。油在蛋糕上待了一会儿，好像在说："你确定要这么干吗？"可是，不久就渗进了深色的巧克力中。孩子们做梦也不会想到，我在他们的美味里加进了营养物质。哈哈！

　　我依次把盘子端给孩子们。这时，最有警惕性的大儿子纳撒尼尔问我："妈妈，蛋糕上是什么东西？"我谨慎地回避他的询问，只是督促他吃蛋糕。还没等到咬的第一口吃到嘴里，他的面部就扭曲起来，显得非常痛苦。他赶忙伸出舌头，希望在舌尖上面已经潮湿的那口蛋糕不要进入自己的嘴里。随后痛苦不堪地哭着说："啊，妈妈，真恶心，你放了什么？味道太糟糕了。"我强忍着不笑出声来，鼓励他再吃一口，（实际上，吃第一口时，他几乎快要吐了。）他不假思索地拒绝了。看到他们的大哥如此受罪，另外两个儿子马上对蛋糕没了兴趣。他们为了安然无恙地离开，宁可饿着肚子。

　　也许，你能够理解我的苦心。我想做世界上最好的妈妈，所以我为孩子们精心准备了下午的小吃，在自制的甜点里加进了有助健康的营养品。可是，我私下里给孩子们增加营养的计划又一次失败了。

　　我曾经在玉米面卷中加入豆腐，产生了炸弹似的风波。我曾经努力把豆腐泥做成鸡块的样子，结果是灾难性的。尽管我在果仁巧克力蛋糕里放入菠菜被他们接受了，但这次我是彻底失败了。

虽然我希望那令人厌恶的味道一天内就会被儿子遗忘，但我确实希望他能记住一件事：他的妈妈竭尽全力了。上帝会保佑她，她的确竭尽全力了。她做的食物都没有她想得那么好，但是，她有一颗爱家的心。她不是总能做出美味的食物，但是，她有正确的生活处方。她从未忘记甜蜜爱意的要素。它永远不会被舍弃。

也许，纳撒尼尔长大后，想起所体验的食物风波时，能够深深体会到我们一家人生活中的经历，感悟到其中的美味。一旦想起母亲赋予自己的爱之味时，他会心满意足地微笑。

我始终都是一帆风顺

文_本杰明·富兰克林

亲爱的儿子:

　　我一度把搜集先辈们的奇闻逸事当做乐事。或许你还记得你和我在英国居住的那段日子。我为了这个目的作了一次旅行,走访了家族中的先辈们。我猜测你可能特别想知道我的生命历程——因为有许多事我都未曾告诉你。

　　现在我正在乡村度假,可能会有一周的空闲时光,所以,我坐下来把这一切都写给你。诚然,我这样做还有其他目的。我出身贫苦,身份低微,然而我通过自己的努力成为一个国家的风云人物,并享誉全球,而且时至今日,我始终一帆风顺。我取得如此丰硕的成果,完全要感谢上帝的赐福。或许我的子孙希望知道其中的奥秘——他们也许会遇到相同的情况,因此,他们可以拿来借鉴。

　　每当我回首往事,都禁不住要说,假如再给我一次选择的机会,我会不假思索地重复我的今生。只是要像作家一样找出作品中的瑕疵,以便再版。除了这些,假如有可能的话,我还要扭转我这一生中所有的不幸遭遇。尽管这些都是命中注定的,我仍会欣然接受,虽然这是不可能发生的事情。最近脑海中重复上演的场景就是回忆。为了使我的回忆能够更加久远,我愿意将它们一一写下来。

因此，我认为最好的方式是：以一位老者的视角来重新看待自己，以及自己过去的一切行为。我不会任由它去烦劳别人。出于对老者的尊敬，他们一定会坐下来听我诉说。如果我把它们写下来，听或不听就由他们自己做主了。最后（我想我还是承认吧，尽管我否认这一点，但是没有人会相信），写自传大大满足了我的虚荣心。

实际上，我不断听到或看到这样的开场白："可以毫不夸张地说……"然而，接下来就是一些空洞无味、自吹自擂的话。大部分人都不愿意听这些，不管他有着如何成功的事业。但是，每次遇到这种情形，我总会多一点儿宽容。因为这种自负心理，不管是对他自己还是对别人都有益处。因此，在大多数情况下，假如一个人把他的自负当成上帝赐予他的一种慰藉，从而心存感激的话，就不算是荒谬。

非同一般的友谊

文_蒂娜·利兹

蒂姆周六出发去大学报到，我周日出发。从上高中以来，这是我们第一次分离。我们之间的亲密关系令别人很是艳羡，尽管这种友谊超越了一般的男女朋友。我崇拜他与众不同的个性、他让人欢闹的笑话和他孩子般的长相。他很了解我，能够说出我没有说完的话，他的一个眼神，就可以让我开怀大笑。我们爱慕着彼此，在高中最后一个暑假来临的时候，我们之间的友情变得更加深厚了。

夏季缓缓地来临了，蒂姆正在努力让我忘记那个性情古怪的人，与他在一起完全是浪费时间，现在，我称呼他为前男友。几个月以来，蒂姆一直与我的一个好朋友约会。她常常挖苦他，在朋友们面前捉弄他，最后与他分手，让他哭泣，然而我只能坐在一旁看着。她伤了我最好的朋友的心，这就和伤了我的心一样。

我们打电话互相倾诉至深夜，彼此安慰、互相出主意，一起为上大学的事情担心。在那个夏天接下来的日子里，我们一起共度了所有的时光，那时我们两个人都是单身。在深夜结束一天的学习之后，我们就约在咖啡馆见面，一待就是几个小时，只是坐在那里聊天。那个夏天，我们之间的友情变得更加深厚。至今，我仍然无法理解，为什么在两个人准备上大学时，我们的友情竟然变得如此亲密。

去新学校报到的日子越来越近，我们不得不向彼此告别了。我们一起去购买上学用的物品，并且计划着上大学一个月之后的聚会地点。

那个星期六的早晨，我愁肠百结，怀着紧张不安的心情开车送他去学校。在三个小时的路程中，我一直想搞清楚自己是怎么了？我当然会思念他，然而那是一种紧张的心情，而不是悲伤。

我们把行李搬进了那个很小的房间，并把房间整理得像家一样，这时，我终于明白了自己的感情，深刻地体会了那是一种什么样的感情。我爱上了眼前这个家伙！这是一种更加深厚的感情，不是高中时的那种友谊之爱，这令我感到无助。

我终于了解自己对最好朋友的感情，这似乎太迟了。我坐在床上，泪水溢满了眼眶。我向自己最要好的朋友道了别，他也是我所爱的人，心中不停地想，我们能否真的像约定的那样，一个月后见到彼此呢？

在家收拾行李的那天晚上，一想到可能发生变化的未来，我恐惧地哭了。我们都会有各自的生活，也许很少会想起对方。就在那个时候，电话响了，我把眼泪擦掉，努力用平静的语调跟他问好，他在电话那头传出的声音让我知道一切都进行得很顺利。我甚至还没有来得及问好，蒂姆就急切地对我说："蒂娜，我们能不能早点见面，今晚可以吗？"

我还没有完全挂上电话，就情不自禁地咧开嘴笑了起来。我跳上车子，向他的学校驶去。我是如何在那么短的时间内赶到学校的（我用了1小时45分钟），这已经无关紧要了，重要的是见到他的那一刻，我要拥抱他，告诉他我爱他。事实上，我曾经那样做过无数次。然而，他这次把我从怀里推开，注视着我的眼睛说，他爱我，然后吻了我。这个吻似乎包含着几个月，甚至几年来彼此付出的真情。

第二天早晨出发前往学校的时候，我的整个脑袋、整颗心想的全是蒂姆。当我拿出钱包掏钱买汽水时，一张小纸条掉了出来。那是蒂姆写给我的，直到现在，我一想起上面的话语仍然会开心地微笑："蒂娜，我对自己感到很气愤，为什么这么晚才向你表白……我爱你!"感动的泪水夺眶而出，我感到了真正的幸福，对我们的关系也安下心来。

我依然保留着蒂姆写给我的纸条，我们一直保持着那种非同一般的友谊，直到永远。只是，我们现在拥有了三个漂亮的孩子和同一个姓氏，所能分享的比以前更多了。

命中注定的搭档

文_托尼·卢

当古尔利克森博士正在为实验心理学课安排研究小组时，我默默地祈祷他能够把我与一个可爱的女生，至少是一个志趣相投的同学分在一组。

总而言之，我希望他不要让我与那个具有强烈竞争意识、异常严肃的家伙做搭档，这个人总爱穿着深颜色的衣服，并且个性十足。然而一切就像是命中注定似的，躲也躲不掉。古尔利克森博士的分组显然是经过刻意安排的，我恰恰跟那个我最想分开的人分到了一组。

我走到自己的实验搭档面前，作了自我介绍。他看我的样子，仿佛我并不存在似的。我感觉到，他似乎认为我会拉他的后腿，并且很可能导致他的平均成绩直线下降。他并不完全怀有恶意，只是给了我这样一种感觉：无论什么实验，如果他独自去做就会做得更好。我的加入似乎只会妨碍他的研究，只能成为他不得不花时间和精力应付的麻烦，因为他是一个能够独立完成任务的人，他有重要的事情要做。

当然，我不想把整个学期都荒废掉，为了不让事情变得更加糟糕，我什么也没说，只是尽力把实验做好。

根据计划，每个实验小组要提出一个假设，然后做实验检验假设、做数据分析，最后介绍研究结果。小组所取得的成绩就是每个小组成员的成绩。我每次都忐忑不安地与同伴讨论实验的问题，他的专注和成绩优异是出了名的，他是一个勇于挑战的人。正相反，我与他相差甚远，事实上，我心里曾经闪现过逃课的念头。然而，我不想被他看扁，所以很快放弃了这种想法。我向那些忙于工作的朋友请教我该怎么做，他们的答复全部是：无论发生什么，你都要坚持到最后。

　　经过长时间的讨论之后，我们终于达成一致，决定做一项关于空间触觉和动觉感知的研究。我们已经确定了题目，虽然我并不明白这是一项什么研究。为了制订计划，我们定期碰面，每次讨论决定之后，我都觉得制订计划的是他，而不是我。我们碰面的次数越多，我对他的才智和直击问题核心的能力就越憎恨。我逐渐意识到，他的水平比我高很多。他很了解技术方面的知识，并且能够带着非常明确的目标去处理细节问题。

　　另一方面，我能提出的建议微乎其微，看起来似乎很幼稚。有一次，我鼓起勇气问他，他为什么那么紧张严肃。他回答说，他没有闲聊的时间，对他来说，无聊的人和事情只是浪费时间，这让我感到惊讶。他甚至告诉我，许多所谓的朋友只会让人分心，因此，他没有结交很多朋友。不过，他补充说，一旦选择某人作为自己的朋友，他就会把他们当做一生的朋友。他的冷淡和愤世嫉俗让我感到非常震惊，当时，我恨不得这个学期马上结束。

　　一学期的时光慢慢过去，我们尝试设计了一个非常出色的实验，而且实验操作也很简单。挑选志愿做实验对象的学生成为我们工作的一部分，我决定致力于招募研究对象，而他负责阐述科学方法。我抓住一切可能的机会做贡献，然而，我仍然有一种感觉：他才是整个实验的推动力量。

有一天，我得知他生病住进了医院。很显然，他是因为溃疡出血才住进医院的。他想取得最好的成绩，想找一份工作，想帮助生病的女朋友度过危险期，他背负的这些压力把他压垮了。

当去医院看望这个坚忍克己的实验伙伴时，我第一次发现，他的脸上有了一种脆弱的表情。我知道，他是担心我会把实验搞砸，担心他那非常高的总平均成绩被小组实验成绩给毁掉，甚至会突然失掉进研究院的机会。我告诉他，应该一心一意恢复健康，并保证我一定会付出最大的努力，不会让他失望的。我们都很清楚，我必须比最好做得还要好。

任务非常艰巨，我埋头整理统计资料，这些资料已经超出了我的理解范围。我对有生以来所做的任何作业，都不曾付出这么多的时间和精力。我不能让他看到我失败，不愿意因为我而影响他的成绩。为了能够利用一切安静的时间作研究，我把工作时间调整到夜里，从午夜一直干到早晨六点，工作耗费了我许多时间。我感觉自己全身心地投入到一场挑战中，但问题是：我能胜任吗？

在本学期即将结束的时候，各个小组终于要在所有组合小组前陈述自己的研究成果了。轮到我们组的时候，我使用自己的表演技巧阐述了他的科学方法，我竭尽了全力。我们得了"A"，这让我感到异常惊喜！

当我告诉实验伙伴，我们共同的努力取得了成功时，他笑着感谢我完成了实验。那一刻，某些东西将我们联系在一起，这些特别的东西，与信赖有关，与分享获奖的喜悦有关。

这些年来，我们仍然保持着密切的联系。通过不断的学习，他获得了博士学位，并与大学女友建立了家庭。

那个学期，我学到的不仅仅是统计学分析和实验过程。他是我生活中的另类英雄，我的生活因他而面临挑战，因他而变得广阔。

事实证明，他是正确的，我们成了终生的朋友。

天道酬勤

文_卡尔·马龙

　　年幼时，在路易斯州萨墨菲尔德有一间铁皮屋顶的小房子，我和八个兄弟姐妹就在那里长大。尽管我们的房子里甚至连个像样的厕所都没有，但是我并不认为这样的成长环境是一种障碍。我更多的是把生活看作手中掌控的一张牌，尽力使其作用发挥到极致。

　　五个男孩中，我是最小的，另外还有四个姐姐，她们相依为命、互相照顾。父亲去世得早，因此我对他的记忆是很模糊的。在我三岁那年，父亲自杀了，将养育九个孩子的重担抛给了母亲。母亲在一家锯木厂开铲车，每周收入50美元，同时她还在家禽养殖场做着一份工作。母亲工作很辛苦，为了养家糊口，她几乎一刻也没有停歇过。

　　母亲坚信，她能尽自己的一切能力完成自己的职责，因此，无论怎样，母亲从不接受别人的施舍。你可以想象得到，尽管我们得不到想要的东西，但所需的东西我们一定会有。因为有妈妈做榜样，我懂得了努力工作是实现理想的最佳方法。

　　在成长的过程中，周围环境中充斥着的不良行为不断诱惑着我，比如吸毒、酗酒等等。即使在很小的时候，我也选择不去那种地方，因为我知道将来自己一定大有可为。对于我的这种想法，有人认为是自大或妄想，但是，我不会让任何人说我不能完成任何立志要做的事。

当然，我梦想过长大以后会成为怎样的人。最初，我想成为一名警察，后来又想当特种兵。不久后，我决定要当一名集装箱卡车司机。甚至还有一段时间，我还想成为一名建筑工人。高中时，我想去踢足球，事实上，直到今天我还踢球。无论我选择做什么，我都希望让母亲和兄弟姐妹以我为荣——不仅是为了我在自己的事业上取得的成就，还为我正直地做人。

看起来似乎有些奇怪，因为篮球并未被我列入人生计划之中。一天，母亲把一个旧水桶沿边剪下一圈，然后举起来，让我往圈里投橡皮球玩。到初中的时候，我开始在一支球队打篮球。我喜欢比赛。每每我代表学校外出比赛，努力拼搏最终赢得胜利时，我就会有一种快感。

对我而言，这就是天道酬勤。我并不刻意去争功得利，但我每天都在为之努力。不管我怎么做，都总会有人希望我倒下，他们说："卡尔·马龙不行。"我非但没有被这些人击垮，他们反而给了我动力，我继续在每一天里证明给他们看：他们是错误的。无论在场上还是场下，我都会用一种积极的方式，尽力让自己发挥出好的水平。我明白，无论我如何应对，总有其他人在走下坡路，而我还在这里。我知道，如果没有不断的努力，我也不会再次站在这里。

对于作为一名篮球明星所享受的生活，我充满了感激。当我看到这些写着"篮球就是生命"的T恤衫时，我想那是对的，的确是这样！但篮球不等同于生命，尽管它激动人心。然而，关于篮球运动，我觉得重要的是在我所谓的这段生命旅程中，它指给我一条为他人做好事的道路。

成功真可谓是去其糟粕，取其精华。多为你所在的世界做出积极的贡献，珍惜真正重要的东西，比如家人和朋友等。

别人都把著名运动员、演员或音乐家作为崇拜的偶像，而妈妈是我的偶像。这么多年以来她都是，以后也会是我灵感的来源。母亲教导我说，努力工作是不会累死人的。母亲是我心目中的英雄，她、家庭和朋友带给我最多欢乐，这是生活中其他任何东西都无法比拟的。

当我的生命即将结束时，我不希望给人们留下这样的记忆：一屁股坐在那儿，对别人说："我成功了。"我也不想说，对自己拥有的一切我都没有付出最大努力。的确，有些时候我也不想努力工作。不管怎样，我还是去做了，因为那才是真正的我。

关于建议的定义

文_丽莎·林格伦

韦氏字典中"建议"一词的定义如下："对某种行为提出意见或忠告。"

"我需要些建议"是英语中很令人厌恶的话语之一。之所以这样说，是因为在无任何预兆的情况下，给出建议的人总要面对那些未知的事情。在这方面，我的女儿是专家。最近，我总能预测到她打电话的时间，而且总是在万事如意的情况下电话铃就响起了，就像是我总是向女儿暗示：我已经准备好了！对于这种无法逃避的事，我总是很坦然。"爸爸。"电话总这样开始。

其实"爸爸"这个词，并不像它的叫法那么重要。听起来女儿的叫法就像是在问人问题，又不想让别人听到似的。也就是说，她的声音比耳语还要低。我知道，她知道我在听电话，因为电话是她打来的，而且她也听出了我的声音。而"爸爸"这个词好像是我告诉自己最好做好准备的信号。

女儿小的时候，我渴望能给她建议。事实上，她也会很高兴地接受，这一点我深信不疑。让孩子对生活有所准备，是父亲最重要的事情。对此，倒不是我已做好准备，但至少我已在社会上生存这么多年。

她过去常常坐在我身旁，或趴在我的膝上，让我给她解释她生活中的困惑。我会给她讲伦理和道德，让生活更有意义。几年后，女儿到了花季年龄，不再像儿时那样接受我的建议了。事实上，看得出来，她对此已有些畏惧。我希望她能平稳地度过花季，所以无论怎样，我还是给了她建议。我非常理解，为何她不接受我的建议和我积累的经验。多年来，她都未曾向我征求过建议，但我还是会给她。现在想想，父亲当年也是这样对我的！

时光如梭，她离开家开始了自己的生活。似乎相隔两处，反而使她再次需要征求我的建议了。首先这很好，从这件事上可以看出，她觉得我的智慧还是能经受住时间考验的。后来，我觉得我有时也犯错。因此，对于她的问题，我开始有些害怕回答了。

在我的一生中，并不只有女儿向我征求意见。妻子总是做事诡秘，她知道如何解决问题，但总是希望我们俩的答案能一致。有时她也接受我的建议，但基本上，还是自己作决定。其他时候，她则神经兮兮地看着我，那种表情似乎在问："你是哪个星球来的？"不管用哪种方式，我都尽量使她满意。

生命中，很多时候，都是父母教我为人处世的方法，他们依据自己多年的处世经验帮我做出正确的选择。现在，他们反而向我征求建议，这倒让我难以理解了。我们似乎互换了角色。这种角色的互换意味着，他们意识到我已经能正确地做出选择，是在夸我。现在，假如我自己也能意识到这一点，那么我又有了新的角色。

亲人们总是将他们的问题在即将抉择的那刻提出，然后等待我给出建议。我不喜欢在这样的情况回答问题，假如说他们愈加僵化，那就等于说自己大无可用之处了。我尽可能地作出回答，并祈祷我的建议能对他们有所帮助。然而，我又怎能知道所有的事情？这和给女儿建议不同，给父母建议需要设身处地地思考。他们向我咨询，就是对我的信任，正如我一直相信他们那样。

我是一名高中老师，我的学生将会考入大学，或参军，或工作。每天，都会有学生问我如何规划未来之类的问题，而不是咨询如何学好功课。很多人还未意识到，高中毕业是人生的关键转折点之一。的确如此，这些年轻的孩子正在离开一个占据他们生命四分之三的时代。

因此，在他们离开校园的那一刻，我告诉他们，什么行业是朝阳行业，他们要服什么样的兵役，以便实现自己的梦想。有时，我只告诉这些年轻的孩子，生活是美好的，他们正幸运地处于人生最美好的阶段，即将长大成人，应该说是很幸运的。每次他们离开时，我都祈祷自己给予他们好的建议。我知道，我尽力了。

偶尔，素不相识的人也向我征求建议。学生家长常会问我，怎样做才会使孩子前途光明。有时也会问，怎样才能让孩子听他们的话或者相信他们。我想，他们之所以问我，是因为他们确信我知道答案，或者他们看到我的头发白了，胡子也白了，就相信我这个岁数足以解决这些问题。

韦氏关于"建议"一词的定义中最主要的问题是——没考虑建议者。给出建议的人理解这个问题吗？能帮忙解决吗？我给过女儿、父母、学生和陌生人正确的答案吗？

我觉得我该打电话给女儿了，向她征求些建议。

你愿意和我约会吗？

文_索菲亚·沙密特

每天，我都急切地等待你来上课，迫不及待地想和你相视一笑、互相问候早安。有些日子，我变得极其烦躁，只因为你在上课前几秒钟才走进教室。我期盼背后传来你的脚步声，期盼听到你的声音，表面上却假装在看课程表。就像前些日子一样，你今天又迟到了，然而，我并不介意。因为，这一个月来，我一直渴望与你约会，却没有机会，今天，我将要实现这个愿望。鼓励我吧，因为让你知道我喜欢你，需要像从高空跳伞落入大海一样的勇气。

四个月之前，我的室友与她的男友还是普通朋友，现在，他们已经坠入了情网。他们约会、一起看电影、一起共进晚餐，并且经常与彼此的朋友聚会。吃饭时，他们轮流买单。有一次，我的室友说："他就像自己的女性朋友。"说这话时，她笑得脸都涨红了。这种友谊关系，男人和女人都会感觉很轻松，并且能够更容易地了解彼此。我的另一个朋友认为，人们的社交生活正在因随意的约会而改进。当一个女孩想让一个小伙子知道她对他有好感时，她就会说："嗨，我们一起去吃奶酪吧。"

与约翰第一次约会的时候，我还没来得及提议AA制，他就突然掏出钱包付了账。晚饭后散步时，他告诉我想与我建立稳定的约会关系。我向他解释道，我更喜欢与他做普通朋友，他说，要是买单时我坚持付自己的那份，他就会明白我的意思。他辩解道："我现在与女人约会时，已经不会给她们买单了，各付各的会更加稳妥和舒服。"约翰认为我爱上他了，因为我欣然接受了他的请客。他因为给我买单而埋怨自己，我也很后悔接受了他的请客。

然而，与拉里第一次约会时，当我提出自己买单时，他的脸涨红了。当我拉开手提包掏出钱夹时，他看着我的眼神，就好像我用外语跟他说了什么似的。我犹豫了一下，礼貌地问他："我应该付多少钱给你？"拉里不好意思地说："嗯，嗯，其实你不用付钱给我，但是，如果你坚持……"

尽管如此，我还是把钱给了拉里。对拉里而言，这是我拒绝他的暗示。

拉里溜进了自己的座位，在我的肩膀上轻拍了一下说："早，劳拉，在干什么呢？"

我猛地回过神来，紧张地答道："嗨，早上好，周五下课后愿意和我一起吃午饭吗？"

他兴奋地说："你是说期中考试之后吗？我很愿意与你共进午餐。"

我微笑着说："那我们就这样说定了。"

爱是最好的旅途伙伴

文_卢卡尔·史莱德

我的绝大部分工作都是做驻外销售人员。当一帮销售员在汽车旅馆的咖啡店里吃饭时，我知道没有什么比这更孤独了。

那年，五岁的女儿往我手中塞了一件用皱巴巴的包装纸包好的礼物，还用一条至少约1英里长的带子缠得一团糟。就像许多爸爸那样，我拥抱了她，并深深地吻了她一下，接着打开了包装。里面的东西很柔软，我非常小心，怕把它弄坏。

简妮穿着小小的睡衣站在旁边，眨着那双棕色的眼睛注视着我，满脸兴奋。我充满新奇地打开礼物。一双黑色的，圆鼓鼓的眼睛从包装纸里露了出来，接着就是黄色的鸟嘴，红色蝴蝶结和橘黄色的脚。原来是一只大约5英寸高的企鹅。右翅膀上贴着一个胶水还没干的小木签，上面是手写的字："我爱我的爸爸！"字下方是一颗用蜡笔涂了色的心。我的眼睛湿润了，我立刻将这个小企鹅放在我柜子里的一个特别的地方。

准备我的下次出差，中间只有很少的时间。一天早上当我包东西时，我把企鹅扔进了箱子里。那天晚上，我给家里打电话，简妮正因为企鹅消失了而伤心，我赶快解释："宝贝，小企鹅在爸爸这呢，我让它守在我身边。"那天之后，简妮常常帮我收拾行李，每次都记得把企鹅和我的袜子还有剃须用品放在一起。从那之后的许多年里，小企鹅伴随我穿越了几十万英里从美国到欧洲。这一路，我也认识了许多朋友。

在阿尔布科克，我住进一个旅馆，把行李倒了出来，就冲出去赶一个会议。当我回来时，我发现床已经收拾好了，企鹅靠在我的枕边。在波士顿，一天夜里，我回到房间，有人把企鹅放在床头柜的一个空玻璃杯里，它从来没站得这么稳。

第二天早上，我把企鹅放在椅子上。晚上它却又进了玻璃杯。有一次，在纽约的肯尼迪机场，一个海关巡视员漠然地要求我打开包。刚一打开，就看见我的小伙伴在最上面。巡视员拿起来，笑着说，"这是我的工作生涯中见到过的最珍贵的东西了。感谢上帝，对爱征税是无理的。"

一个很深的夜晚，从我先前的那个旅馆离开后驾车走了一百英里，我打开行李，却发现企鹅不见了。我疯狂地给饭店打电话。办事员很怀疑还带有一点冷漠。他笑着说没有人上报。即使这样，半小时后，他还是打电话给我说，企鹅找到了，时间已经很晚了，但不迟。我开车返回，几小时后，我重新拿到了我的有两种颜色的旅行密友，到达时已是半夜。企鹅在前台的桌上等着。有几个疲劳的出差人员在大厅里看着这场团聚，我想还有一丝嫉妒。有几个人过来跟我握手。其中一个说他本来主动要求第二天给我送过来。

如今，简妮已经上大学了，而我出差的次数也少了。多数时候，企鹅都在我的柜子里静静地呆着。提醒我，爱是最好的旅途伙伴。在外出差的这些年中，企鹅是我每次都要随身携带的东西。

真正的天使

文_珍妮·玛丽·拉斯卡斯

当莉娜·比斯利为她的新服务犬起名字的时候，她想到了《圣经》中她最喜欢的一句话："信念是希望的物质载体，是未见之事的证据。"

"信念，"她抱着这只罗特韦尔小狗说道，"以后我就叫你信念吧。"

那是在2001年，莉娜已经46岁了，她离婚后和她20岁的儿子——迈克尔住在华盛顿州普吉特湾的一处居所。她承认，要适应一只新的服务犬是有些困难。莉娜与轮椅为伴，并患有癫痫病。近10年她一直依赖着她的第一只服务犬布朗森，他帮她处理一些日常琐碎的事情，严格说来，是在她癫痫病发的时候给予帮助。布朗森从服务线上退休了，成了莉娜和她儿子的普通宠物狗。

从内心来说，莉娜有些疑虑，不知她自己能否还像信赖布朗森那样再去信赖另一只狗。在她的心目中，布朗森就是她的守护天使。

"好吧，信念，"她对她的新狗说，眼中流露出那种急切的眼神，"我们还有好多工作要做，那么让我们从现在开始吧。"

据科学家推测，有些狗有着极其敏锐的嗅觉，可以发觉病人病发之前体内产生的极其微小的化学变化。不过，只有少数的狗知道在危险来临的时候将嗅觉转换成相应的警报。

信念最终被训练成功，能够理解并回答150多种命令。但是直到2004年9月6日的那个晚上，莉娜才真正了解到信念能够做什么。当时，莉娜和她的儿子住在华盛顿州的里奇兰德。那是一个很普通的夜晚，迈克尔到当地的杂货店上晚班，莉娜在上床休息前，感到有些不舒服，像是感冒了。她看了看在起居室躺着的布朗森，然后回到自己的卧室。信念一直寸步不离地跟着她，并没有去躺在挨着床边的篮子里，只是一直站着，看着莉娜……还说着话。听起来就像是人们在谈话，发出一种"噜噜噜噜"的声音。

"你在说什么呢？"莉娜问道。就在这时，信念以她那85磅重的身体跳到莉娜的床上——这是她的禁地——并转着圈儿。她不理会莉娜要她下床的要求，而这些完全不像平时那只温顺的小狗。

莉娜想起训狗师说过的话："相信你的狗！"如果一只狗的行为有些异常的话，可能是因为她知道一些你不知道的事情——但是你需要知道的。

"好吧，信念，我相信你，"她说道，"我这就起床。"她坐到轮椅上，检查着房子，并没有发现与平常有什么不同，于是决定喝一杯热巧克力。

她来到炉子旁，试着去拿那个空水壶，就在这时，世界变得漆黑一片。她从轮椅上摔了下来，头撞到橱柜门上，倒在地上失去了知觉。这是疾病的突发状况，尽管不是由于她的癫痫病直接引发的。莉娜患有肝功能衰竭，事后医生告诉她，用药的副作用使得她几乎丧失了肝功能。

而摔倒时的碰撞又使得莉娜的癫痫病立刻发作起来。就在这个时候，信念的英雄气概表现了出来。这只狗将无绳电话衔在嘴里，用鼻子按着狗专用的911快速拨号键，她受过识别这个键的专业训练。当接线员珍妮·布坎南应答的时候，信念在电话里狂吠着。她一遍遍地叫着。

大多数的911接线员是没有受到过翻译狗叫的这种培训，但是在本托县东南的交流中心，对所有的来电都必须作出反应。布坎南发现狗叫的规律——听起来好像是在她说完话之后才发出声音，就像是那只狗在回答她的问题。肯定这个声音不是背景音乐而是一个求救电话，布坎南派出了警察。当电话里的声音消失后，信念又回到莉娜的身边，为她做着癫痫病的复健工作，将她推到"恢复姿势"，侧躺着，这样可以使病人的喉咙畅通。

斯科特·莫雷尔警官到达现场，打开了走廊上的移动探测灯。信念和布朗森透过窗户往外看，他们都受过识别警察、消防员以及医护人员制服的专业训练，可以辨认出他们不是闯入者，而是朋友。信念用鼻子将她的小狗专用门把手顶开，让莫雷尔进来，叫着向厨房跑去，让莫雷尔跟着她。

莉娜在医院住了三个星期，信念有时候会陪着她。但是莉娜对于自己是怎么获救的一直不是很清楚。直到她回到家里，联系上莫雷尔警官和布坎南之后，她才将信念救了自己的这个不可思议的壮举拼凑了起来。

"这一定是爱与奉献,"莉娜说道,"从那晚起,我们的关系就发生了变化。我想信念一定是找到了自己的生活目标,同时我也发现她是一个真正的天使。"

一见如故

文_黛安娜·威廉森

我们拥有的一切都很完美——一座占地四十英亩的漂亮圆木房子，美满的婚姻，还有一条忠心耿耿的狗。唯一的缺憾就是我们没有孩子。我们尝试了很多年，想拥有一个孩子，却都没能如愿。因此我和丈夫艾尔想领养孩子。

基于各种原因，我们决定领养一个年龄大些的。不仅因为我们两人都工作，照顾孩子会成问题，而且我们目前唯一的"孩子"科尔比，一条斯伯林格斯班尼种犬——她的精力太旺盛了，小孩子根本控制不了她。坦率地说，我们从没养过孩子，一想到照看婴儿就有些紧张。

领养机构让我们回去耐心等待，几个月后会有学龄儿童可领养。谁知刚过几个星期，也就是在圣诞节的前几周，他们就给我们打电话，问我们是否愿意先领养一个名叫卡莱布的两岁半的孩子，照看他几个月。这使我们措手不及，他们说那孩子急需有个能照顾他的人家。

情况并不符合我们几周前经过一番理性的讨论后提出的要求。困难很多——通知得那么急，我们已经有了度假计划，最重要的是，那孩子才刚会走路！我们在房间里踱来踱去，深思熟虑后还是接受了。

"只几个月嘛。"丈夫劝我说。我们互相安慰说不会有问题，但私下里我却疑虑重重。

卡莱布来我们家的日子确定了。那天，一辆汽车停在我家门口，透过车窗，我看到了他。在现实面前，我觉得头一下子大了。我们做了些什么？这个孩子要和我们共处了，我们却对他一无所知！对他的到来，我们真的做好准备了吗？我看了一下丈夫，知道他心里也在犯嘀咕。

我们出去迎接这位小客人。还没走到孩子面前，就听到背后传来一个声音。我转过身来，看见科尔比冲下台阶，直奔小男孩。一定是我们太匆忙，没关好门。我屏住了呼吸，科尔比这么激动，肯定会吓着卡莱布——甚至会把他撞翻在地。哦，不！我想。我们第一次见面怎么就这样啊！卡莱布肯定会很害怕，不愿跟我们一起进屋，整件事情就要化为泡影了。

在我们拦住科尔比之前，她已经冲到卡莱布面前了。她蹦跳着奔向他，开始欢喜地舔他的脸。同时，这个可爱的小男孩抱住狗的脖子，向我们转过头，欣喜若狂地叫起来："这是给我的狗吗？"

我和丈夫站在那里，相互对望了一下，笑了。那一刻，我们的紧张感跑到了九霄云外，心想，一切都会如愿的。

卡莱布原本只会和我们待几个月，但是八年半之后，他仍和我们生活在一起。是的，我们收养了卡莱布。他成了我们的儿子，还有科尔比……哦，她高兴极了，她最终成了卡莱布的狗。

最爱红蝴蝶结

文_米娅·博瑞特

在我8岁那年，她走进了我的生活。父亲是在工作时发现她的。她迷路了，还很饿。父亲看了看她说："你似乎可以拥有一个温馨的家了。"父亲打开车门，她一下子跳了进去，尾巴一路上都摇个不停。

当父亲和小狗到家时，我还在学校。父母已经喂过了她，还给她洗了澡。她是我的第一个宠物。

我一直都想要一只狗。父母告诉我，等我长大之后，有了责任感，就可以拥有一只小狗了。哦，我猜他们认为时间已经到了。

我从公交车上跳了下来，并不知道家里有什么在等待着我。走进家门，令我感到惊奇的是，一只黑白相间的小狗，头上还扎着蝴蝶结，朝我跑了过来，还舔了我好几下。一种十分特殊的友谊就此产生。

如今，她需要一个名字。哥哥嘲笑她，说她的尾巴很丑，不能前后摇摆，只能转圈摇摆。他用一根手指绕着她的耳朵说："她很古怪。"因此，"古怪精灵"成了她的名字。她很聪明，我教她玩捉迷藏，一玩就是几个小时，我们每天一起学习，一起成长。

11年来，我们一直在一起，成了挚友。后来她患上了关节炎，年龄也大了。父母知道应该怎么做，可是他们让我来裁决，让我作决定。

她承受着巨大的痛楚，药物似乎也帮不上忙。她几乎不能走路了。我看着她深褐色的眼睛，明白是时候让她离开这里了。

我抱着她来到了兽医站，将她放在了桌子上。"古怪精灵"向前歪着头，舔了一下我的手，似乎在说，她明白，要坚强一些。她的尾巴依旧像往常那样转着圈摇摆着。

兽医先给她打了一针镇静剂，因为最后要在她的前爪上打一针，会很痛。她先睡着了，可是尾巴还在不停地摇摆。随后，兽医在打针之前问我："你确定吗？"我的心情十分沉重，满眼泪水，点了点头。

最后一针扎了下去。我盯着她摇摆的尾巴，几秒钟之后，尾巴不动了。兽医听了听她的心跳，说："她走了。"我用她最喜爱的毯子将她裹住，抱了出来。

我将她带回家，埋葬在草地里，她喜欢在这里玩耍，追兔子。这是迄今为止我做过的最痛苦的事。

我有很多年没有去她的墓地了，不过最近我去了。她的墓地上长了一枝野花。我坐下来，看着在风中摇曳的鲜花，明白这就像"古怪精灵"的尾巴一样，绕着圈摇摆。现在我明白了，这位特别的朋友将会一直陪伴着我。

陪你离去

文_本·格莱德

我在科罗拉多州立大学兽医教学医院工作，担任那里的"生活变化"项目顾问。我们帮助那些由于疾病、事故或安乐死等原因失去宠物的人们，治愈他们的心理创伤。

我曾经有一个50多岁的名叫邦妮的来访者，她驱车一个半小时来到医院，想知道是否有医生愿意帮助她那只14岁的纯种黑色卷毛狗。那只狗叫卡桑德拉，人们亲切地叫她卡西，她已经萎靡不振近一周了，似乎还有点儿神志不清。

那天早晨，神经病科医师简·布什告诉她卡西脑袋里有个瘤，随时都有丧命的危险。

邦妮知道她的爱犬身患重病后便心碎欲绝。这时，有人把邦妮介绍给我。"生活变化"心理治疗项目常帮助那些举棋不定的人做决定，是让他们的宠物安乐死还是任其听天由命。

邦妮留着一头略显灰白的淡棕色卷发，用大发夹束在脑后。她有一双能够立即吸引我的炯炯有神的淡蓝色眼睛。她的镇定自若告诉我，她是一个成熟稳重、不草率行事的女子。

邦妮与虐待她的丈夫共同生活了20年。她曾无数次试着离开他，可都没能成功。45岁时，她终于鼓起勇气与那个男人恩断义绝。邦妮为了医治心理创伤，和当时只有4岁的卡西搬到了俄怀明州的拉勒米，开始了新生活。卡西和邦妮相濡以沫。以后即使有再多的磨难，她们也都一起度过。

6年后，邦妮遇到了深爱她的汉克。从未有人像他这样宠爱邦妮。一年后他们喜结良缘。他们的婚姻生活充满了幸福和喜悦。他们相敬如宾，互相关心爱护，共享生活的喜悦与悲伤。邦妮过上了多年来一直向往的理想生活。

一天早晨，汉克准备去他的树木修整服务公司上班。像往常那样，他和邦妮在楼道内拥抱道别，互相倾诉因拥有对方而有的幸福之感。

那天，邦妮没去办公室，而是在家工作。她是一个办公室助理。当天下午晚些时候，电话响了，她拿起话筒，电话那头传来了搜救队队长的声音。邦妮是该队的志愿者，有人遇到麻烦时，她往往是首先接到电话通知的志愿者之一。

那天，队长玛吉告诉她说，有人在离邦妮的家两个街区远的输电线上触电了。邦妮马上放下手头的工作，冲出家门，跳上卡车。

邦妮赶到事故现场，眼前的一幕让她永生难忘。她深爱的汉克悬挂在一棵高高的白杨树枝上，生命已经终结。

邦妮把学过的处理触电事故的注意事项全都抛到了脑后，她丝毫没有考虑自己的安全，她必须想尽一切办法抢救汉克。首先她得把汉克从树上放下来，她把卡车上的梯子搬了过来，靠在房子上，开始往上爬，到了屋顶，她就开始把汉克的身体往她这边拉。奇怪的是，虽然邦妮碰到了汉克触到输电线的身体，可她却没有触电。她把汉克拽到屋顶木瓦上，让他的头靠在她的臂弯上。看着汉克那张苍白的脸，她不禁嚎啕大哭起来。汉克的双眸凝视着明亮、湛蓝的怀俄明天空。他走了，真的走了，不会再回来了。邦妮心里非常清楚，和汉克相依相伴的生活已告终结。

汉克死后的4年里，邦妮试着振作起来，开始新的生活。她情绪变化无常，且大多时候忧郁低落。她生活在无尽的沮丧中，因为没能与汉克告别，没有机会向他倾诉内心的一切，没能给他以慰藉，没能陪伴他走完最后的时光，送他到另一个世界。汉克的生命就这样悄无声息地结束了，让她毫无准备。她不想让她最好的朋友、她的爱人、她的伴侣就这样离去。

邦妮讲述完她的故事后，我们沉默了片刻。最后，我说："你想让卡西的死和汉克的死有所不同，是吗？邦妮，我指的是安乐死。这样你就不必担心下班回家看到卡西已经死去；而且你还能让她毫无痛苦地死去。如果我们给她实行安乐死，你就能在最后时刻陪在她身边，抱着她，与她聊天，抚慰她。你可以平静地把她送往另一个世界。当然了，这一切还是要由你自己来决定。"

邦妮瞪着眼睛听我讲完这些话，两肩松懈下来，脸上也露出宽慰的神情，如释重负。

"这次我一定要自己掌控，"她说，"我想让我女儿的死与汉克的死有所不同。"

　　我们决定当天下午就对卡西实施安乐死。我让邦妮和卡西单独待在一起。她们在外边的枫树底下躺了几个小时。

　　时间差不多了，邦妮把卡西带进了宠物临终安抚室。那是由参与"生活变化"项目的医护人员安排的，这里更适合动物无痛苦地死去，并更能给宠物主人以抚慰。

　　邦妮坐在地板的软垫上，卡西就躺在她的旁边。邦妮开始抚摸她，和她说话。"噢，我的女儿，你就在妈妈身边。一切都会好起来的。"

　　实行安乐死的时刻到了。卡西的头枕着邦妮的肚子，她睡得安详而惬意。布什医生轻声问道："我们现在可以开始吗？"邦妮点了点头，表示同意。

　　"但在开始前，"她低声说道，"我想先做个祷告。"

　　她伸出双手来拉我们的手，我们也都伸出手来，相互握着。邦妮站在这群严肃的人中间，开始轻声祷告："仁慈的上帝，感谢您让这么一只漂亮的狗陪我度过了过去的14年。我知道她是您赐予我的礼物。今天对于我来说是最为痛苦的一天，因为我知道我该把她归还给主的时刻到了。另外，感谢亲爱的主，感谢您把这位女士带给我，是她给予了我无穷的力量和无尽的帮助。这一切都应归功于您，仁慈的主。阿门。"

大家都流着泪，齐声说着"阿门"，相互握紧双手，对这适时的举措表示赞成和支持。

卡西仍然安详地睡在主人的肚子上。医生给她注射了致命的一针。卡西没有醒来，一直静静地躺在那里，只是缓缓地进入了另一个世界。正如我们所预想的那样，整个过程迅速而平静，没有丝毫的痛苦。卡西死后，我立即用胶泥做了个她前爪的泥印送给邦妮，她慢慢地将她举起来，贴在脸上。我们都静静地坐着，最后还是邦妮打破了沉默，她说："如果说我丈夫不得不死的话，我也希望他以这种方式死去。"

6个星期后，我收到了邦妮的一封信。她把卡西的尸骨与汉克的撒在了同一座山上，她的两个最要好的朋友汉克和卡西再次相逢了。她还在信中说，卡西的死，尤其是她死的方式，让她对汉克的死有了新的诠释。

"卡西的死是我与汉克'相见'的一座桥梁，"邦妮写道，"通过卡西的死，我要让汉克知道，如果当初他离开人世时，我有选择的机会，我也会有这个勇气，陪他到生命的最后一刻。我要汉克知道这一点，只是我当时没有找到一种适合的方式，而卡西以自己的死为代价，向我提供了这种方式。我认为这是卡西死去的原因之所在，她死的意义就在于此。无论如何，卡西知道她会将我们重新连接在一起，使我们的心灵紧紧相连。"

8个月后，邦妮再次从俄怀明州来到我们医院。这次，她带了一只健康的小狗克莱德——一只9个月大的活泼可爱的混种小猎狗。邦妮又开始了她全新的生活。

美丽心灵

文_爱玛·格勒

住在这座人员混杂的公寓中的每一个人都知道丑丑。丑丑是一只常驻于此的公狗。在这个世界上，丑丑最喜欢做三件事：打架、吃剩菜，还有就是我们将要说到的——爱。

这几件事交织在一起，再加上丑丑常年在外流浪，极大地影响了他的生活。从头说起吧，他只有一只眼睛，剩下的那只也只是一个黑洞洞了，耳朵也只剩下一只了。他的左腿看起来曾经严重扭伤过，虽然现在已经痊愈了，但是走起来还是很不自然，好像在转弯。他的尾巴早就不见了，只留下一个残根，还不停地扭动着。

丑丑本来是一只有着黑灰色斑纹的小狗——除了他的头顶、脖子，甚至肩上都有着厚厚的、黄色的疤痕。人们看见丑丑都会有同样的反应："那真是一只丑陋的狗啊！"

所有的孩子都被警告不要去摸他，大人们总是朝他扔石头、用水浇他，当他试图进入他们的房子的时候就用水冲他，如果他不离开，就把他的爪子挤在门缝里。丑丑总是做出同样的反应：如果你打开水龙头用水冲他，他就会一动不动地站在那里，浑身上下湿漉漉的，直到你放弃。如果你朝他扔东西，他就会蜷缩着他那瘦长的身体趴在那里，没有丝毫反抗。

无论什么时候看到那些孩子，他总是跑过去，汪汪地狂叫着，用头去拱那些孩子的手，请求他们的爱抚。如果你将他抱起来，他就会马上舔你的衣服、耳环，碰到什么就舔什么。

一天，丑丑跑到邻居家向他们的爱斯基摩狗示爱。那些狗儿们却没有作出友善的回应，丑丑被咬伤了，伤势严重。我在公寓里听到他的尖叫，于是马上冲出去救他。当我到达那里时，看见他躺在地上。很显然，丑丑悲惨的生活就要走到尽头了。

丑丑躺在一片湿地上，他的后腿和后背扭曲得变了形，前胸白色的条纹有一条撕裂的伤口。我将他抱在怀里，打算带他回家，这时我能听到他艰难地喘息着，感觉到他在颤抖。我想他一定伤得很重。

随后，我感到耳边有一种很熟悉的被舔吮的感觉。丑丑，尽管忍受着剧痛和苦楚，又面临着死亡，他仍然试图舔吮着我的耳朵。我将他抱得更紧了，他用头蹭着我的手掌，然后转过头用他那仅剩的一只金色的眼睛看着我，我能够清楚地听到他发出的咕噜咕噜声。尽管忍受着剧痛，这只浑身上下布满了丑陋伤疤的狗依旧只是在寻求一丝爱意，也许是同情吧。

此刻，我觉得丑丑是我所见过的最漂亮、最可爱的动物了。因为他从未咬过或是抓伤过我，甚至试图离开我，或者是做任何挣扎。丑丑只是看着我，他完全相信我可以减轻他的痛苦。

在我还没有走到家的时候，丑丑就死在了我的怀抱里，但是我抱着他坐了很久，一直在思索着：这样一只伤痕累累、丑陋而又到处流浪的小狗，是怎样改变了我的看法的，到底什么是真正的纯洁心灵，怎样才能爱得那么深、那么真。丑丑教会了我比从任何书籍、讲座或访谈节目中所能学到的更多的给予和同情，为此，我将永远感激他。他的伤疤裸露在外，而我的却在内心深处。我要继续前行，学会如何爱得真切、爱得深沉，我会将我的一切都献给我所关爱的人。

　　许多人都希望自己能够更加富有、更加成功，哦，还有更加讨人喜欢、更加漂亮，对我来说，我只希望做丑丑。

金色的眼睛

文_戴安娜·尼科尔斯

我六岁的女儿玛丽，拉着我的手走进了一家动物避难所。我们想挑选一只合适的小狗给她的姐姐凯蒂做十二岁的生日礼物。我仔细地看着每一个笼子，看到那一双双渴求的棕色眼睛盯着我们。那是对爱和快乐家园的期盼。自从我和她们的父亲离婚之后，这些同样也是女儿们和我渴求的东西。

"这些都是新到的。"志愿者说着将我们带到一个笼子前面，那里有三只正在睡觉的小狗，漂亮的皮毛就像小熊一样。

"她们都是什么品种？"我边问边弯下身子近距离地看着她们。

"她们是中国混血狗，"那个志愿者说，"我从来没有见过这样看上去令人敬畏的狗。"

中间的那只小狗突然打着哈欠看着我们，我的心跳加速了。她令人感到惊奇，大大的爪子，脸上长着银黑色的狼斑。最主要的是她的眼睛，真是让我震惊，那么温和、可爱，就像她的皮毛一样，是金黄色的。冥冥之中好像有什么在告诉我，就是她了。

我永远无法忘记——当我们将凯蒂的新伙伴带到她面前时她惊讶的表情。"我要叫她夏安。"凯蒂愉快地说道。

　　在接下来的日子里，夏安做到了我所期望的一切。孩子们不再对我们失去的生活感到苦恼，相反，她们开始与她们的新狗狗做游戏。她们不再因失去父亲而感到沮丧，反而总是蹦蹦跳跳，开心地笑着。所发生的一切给了我希望，她们会将这个艰难的过渡期过得更好，但愿有什么能够帮助我做同样的事情。

　　四月末的一个下午，事情发生了可怕的转变。女孩们和夏安在后院玩耍时，我去了商店。当我回到家，走上车道时，一辆皮卡车快速驶入我们这条街道。我下了车，手里拿着钥匙，看到夏安的绳索松了，她就像一阵烟似的从我的身旁跑过。

　　"夏安！"我喊道，"不！回来！"但是已经太迟了。她追赶着皮卡车，并撞在车子的前轮上，身体被抛向空中，"砰"的一声摔在路边。

　　幸运的是，兽医院还开着门，他们收治了夏安。我一直守在夏安身边关心着她，希望她在医生将她放到检查台上之前还活着。

　　"前肢看起来是受伤最严重的地方，"医生说着便用一个银色的夹子在她的爪间捏着，"神经已经受损，她没有任何知觉，我担心我们必须要把它切除。"

　　夏安手术那日，我度过了生命中最漫长的一天。当我们再次见到她，对把她带到我们的身边是那么毫无准备。夏安躺在笼子里喘息着，眨着睡意朦胧的眼睛，她身体右侧从颈部到腹部的毛都被剃得干干净净。一条白色的绷带缠绕在她的肩部，那里原来是她的一条腿。一只塑料管插在那里以帮助手术定位。她看起来是那么痛苦。当我看到夏安的尾巴虚弱地摇晃时，眼泪顿时流了下来。

那天晚上，我们都睡在地板上，陪着夏安。当她痛苦地呻吟，躺在一侧不能移动的时候，我在脑海中试图将她以前的样子描绘出来：她跑、玩耍、跳到床上，依偎在我的身边。我感到恐惧不安，不知道她以后能否变回成原来那只无忧无虑的小狗。某种意义上，我了解她身上所遭受的那种病痛。以前你过得开心，突然生活变得支离破碎了，你身处在一个痛苦的世界中。

最开始的那几个夜晚我和凯蒂轮流照顾她。我们注视着她，试着安慰她，给她吃止痛片，用勺子喂她吃香草冰淇淋。她打着盹，但是又经常因为疼痛而无法入睡。每过几个小时，我们都会将她抱到外面，帮助她站立，这样她就可以去洗手间了。我们都已经精疲力竭，但是没有什么事情能比让夏安回到我们身边更重要了，即使她再也不是以前的那个样子。

周一，凯蒂去学校了，我不得不独自照顾她。玛丽忙着看她的卡通书，而我则不停地围着夏安转。我为她换了新的绷带，并确信她不会试着去咬它们。我拍着她的脑袋，不停地给她讲她是多么强壮。看着她痛苦的表情，看着血从排泄管渗出，我的心碎了一次又一次。回忆中，她用那充满爱意而又甜美的眼睛望着我，而不是如此痛苦。

"你挺过来啦，"我在她的耳旁低声说着，"我们需要你，所以你必须好起来。孩子们依赖你，所以请你……不要放弃，站起来渡过这个难关。"

当我向她说这些话的时候，某些事物触动了我的内心。这些话也适用于我自己。离婚仿佛是一场噩梦，那种痛苦太深了，以至于我想自暴自弃了却此生，我不知道自己能不能独自振作起来。但是，孩子们不也正依靠我吗？难道我能不与痛苦作斗争，渡过这个难关吗？当我将脸靠在夏安的鼻子旁边时，眼泪顺着脸颊流了下来。她的呼吸是那么轻柔，使我的皮肤感到很舒服。呼吸让我想起生命是多么珍贵啊。

"小可爱，我要和你做一个交易，"我说道，"如果你奋力渡过这个难关，我也将会为自己而奋斗。我们都将学到如何依靠自己一路走好。"

从那天起，事情有规律地发生了改变。夏安看起来更加警惕和舒适，勇敢地迈出了她的第一步，而我也开始少哭多笑了。夏安开始复原了，感觉真好。一天一点，一步一点，我和夏安一起努力着。

"看啊，妈妈！她做到了！夏安自己走起来了！"一周之后，当夏安在院子里漫步的时候，凯蒂指着她喊道。尽管她的前腿残了一条，但是她走得非常好。事实上，她看起来好像并没有失去什么。

玛丽开心地鼓起掌来："就像原来的她！"

我想了想并不同意："很明显，宝贝，我认为现在的夏安比以前还要好，她会更加强壮的，因为她现在获得了重生。就像我们……比以前更好。"

这一刻，夏安停下来，望着我，那金色的眼睛闪烁着光芒。我们拥有的是值得期待的全新生活，每一刻都要细细品味。

简单快乐

至少我还活着

文_路易斯·保罗

在一场意外事故中，我一个好朋友的丈夫去世了。悲剧来得这样突然，让大家惊愕不已。他们曾是多么快乐幸福的一对啊！

对我来说，我更加深刻地意识到：你永远不能知晓你挚爱的人何时会离你而去。

有时，我们视所爱的人为理所当然，期待永远有他们相伴。

然而，生命不以我们的意志行事。有时，我们从震惊中清醒，像这样的清醒使我们意识到生命的短暂。

在安慰她的同时，我试着去想象：如果换作是我，我会怎样？如果我失去了丈夫，我是什么感觉？她正在经受的苦痛，是不可想象的。我不知道说些什么能使她稍感宽慰。

有时，言语无法表达我们的情感；有时，行动的意义胜过千言万语；有时，一个拥抱反而会表达很多；有时，即使只是在这里倾听，也会更有意义。

因为不知道能对她说些什么，所以我什么也没说。我只是抱着她，任她哭泣。我除了劝她吃些东西，只能在她诉说的时候倾听了。

离开殡仪馆时，我遇到了玛丽莲。多年来，她一直是我真正的朋友。她是朋友中能与我同甘共苦的人。她具有使每个人欢笑的幽默感，会让跟她在一起的人感到很自在。我们聊了一会儿。

她问了我的工作情况，我开始说个不停。我告诉她，这周的工作压力有多大，并向她抱怨着工作上遇到的各种问题。

在我为挫折愤慨时，她一直聆听着。我不断地抱怨着上个星期的日子有多难。

"哦，对了，"我说，"更别提昨天发生的事了。我只能对你说，我度过了可怕的一天。"玛丽莲看了我一眼，我顿时哑然。她用手轻轻拍了拍我的脸，然后亲了一下我的额头。她温柔地、充满关爱地说："但是，至少你活过了一天。"

我大为震惊。她的双手在我的脸颊上的触摸，她言语中的平静，还有她所说的字句，像一块砖头敲击在我的心头。

所有堆积在我心里的挫折和压力顿时消失得无影无踪。她是对的，或许我的一天是糟糕的，但是至少我拥有这一天。在另一间屋子里，我亲爱的朋友，她愿意付出一切代价，来换取与丈夫多待一天。

从那以后，当我开始觉得有压力时，就会用玛丽莲的话提醒自己。至少我活过了一天！事情可能变得更糟糕，压力也可能会更严重，但是，这都无关紧要。重要的是，我还活着！

我有很多值得感谢的东西，所以，我不该再将时间浪费在抱怨压力和挫折上。生命太短暂了！

让自己幸福快乐的方法

文_萨姆·邦德

世界上数以百万的人们正传递着他们的幸福快乐——他们做自己喜爱的事：写作、教书、建房子、治疗……因为这些事能让他们感到幸福快乐。

幸福快乐是什么？仅仅是一种情感吗？至少，我不认为如此。霍桑曾写道："幸福就像一只蝴蝶，当你去追逐它时，总也抓不住；如果你静静地坐下来，它便会落在你的身上。"

当我深入思考这些时，发觉自己处在一个虚幻的世界中。这个"空间"没有文字，没有物质，只有纯粹的爱和其他美好——欢乐、和平、幸福、福佑、欢喜……它对我有深刻的感染力，使我不知道如何描述。谁能将这种感觉写出来呢？这种感觉只是无边无尽的沧海一粟。

让我感到幸福快乐的事，不胜枚举。但是，我知道其中一些，对你来说，并不意味着幸福，你甚至会认为它们是一种惩罚。如果你过来建议我们一起去蹦极，我怀疑自己可能会找借口离开："不，谢谢，我宁愿去做根管治疗。""幸福快乐"的感觉很美妙，会让你露出笑容。所以，在很大程度上，它取决于你的个人经历。每天，你寻找不同的方式来感受幸福。现在让你感到幸福快乐的是什么呢？你知道吗？今天，让你感到真正幸福快乐的事，能列举出五个例子吗？太好了！写下来吧！

希望你已经想出了一打快乐的事，而不仅仅是五个。不过，五个对于刚开始来说已经很不错了。把第一件事大声读出来，请再大声点儿！这次，有感情地去读，很好！非常好！你笑了吗？如果没有，为什么？请放松，这儿有许多乐趣！同样地，把下面的四件事也大声读出来，并要带着感情。

知道哪些事让你感受幸福快乐，很不错吧？大声说出来，是不是很好呢？

现在，既然你"幸福快乐的想法"已经写下来了，那么请把它们放到日程表里、电脑旁或书桌上、床头柜旁——把你的清单放在画框里，如果你愿意的话，这都没关系。但是，请别藏起来——把它放在任何一个你容易看到的地方，因为你随时都可能用到它。下次，当你心情烦闷，或者感到不快乐的时候，把你的五个幸福想法拿出来，大声朗读。记住：要带着感情，希望读完后你会好受些。

但是，你还没有完全做完！还没有！

接下来，行动起来，去帮助某人，不论是一个朋友还是陌生人。帮他们清一下车道，或开车送他们去杂货店。清理一下你的衣柜，做些有用的事，比如那些你喜欢的。向一个邻居作自我介绍，或者到医院去给病人读些书，这些都会让你感动。并且，我保证，它会让你感到幸福快乐，"摆脱郁闷"。

最后，记住：幸福是爱的一部分，潜入爱的海洋，然后与他人分享自己的爱——爱是用之不竭的。

慷慨的乐趣

文_卡里·纪伯伦

一位富人接下来说，请你给我们讲讲施与吧。

于是，他回答：

你们只是拿出自己的财产，那么你们的施与微不足道；若你们奉献自己，那才是真正的施与。

你们守护囤积的财产，只是因为明天可能会需要吗？而明天，如果一条狗在跟随着朝圣者前往圣城的途中，过度谨慎地将骨头埋在找不到回头路的沙子里，那么明天将会给它带来什么呢？

除了欲望本身，还有什么可惧怕的呢？当井水充盈时，你对干渴的畏惧还是无法摆脱的吗？

有些人只捐赠自己财产的九牛一毛——他们不过是为得到认可，然而他们隐藏的私欲使他们的礼物无益于身心；也有些人，拥有甚少，却全部捐献，他们相信生命本身就足够丰裕，他们的保险箱从不会空着。

有些人欢快地施与，这欢快便是他们的报酬；有些人痛苦地施与，这痛苦便是他们的洗礼。有些人，施与时并不觉得痛苦，也不是为了寻求快乐或凸显美德。他们施与，犹如山谷那边的桂花，在空气中散发出淡淡的馨香。

上帝借助这些人之手传道，借由他们之眸对大地微笑。

在他人要求时奉上施与的确不错，但在别人未开口时能体贴地施与，这就更好了。对于慷慨大方之人，倘能找到乐于接受者，要比施与本身更为快乐。

你还想保留什么呢？

总有一天，你拥有的一切都将施与他人。所以现在就施与吧，把施与的机会留给自己，而不是你的后来人。

你们常说："我只赠给值得赠的人。"你们果园中的树木和草地上的羊群就不会这样说。因为施与，它们才得以生存，而拒绝给予则会招致灭亡。

一个值得被神授予白日与黑夜的人，当然能够从你们这里获得其他一切；一个值得啜饮生命之泉的人，当然也能从你们的溪流里斟满杯盏。

有什么能超越接受的勇气、信心，甚至慈悲的美德吗？

你是谁？值得人们敞开胸怀，移开自尊的面纱，好让你看到他们赤裸裸的价值和他们无愧的尊严？先审视一下自己是否有资格成为一个施与者—— 一件施与的容器。

事实上，因为这是生命对生命的施与——至于你，自视为施与者，不过是一个见证人罢了。

至于你们这些受施者——你们全都是受施者——不要背上感激的重负，否则就是给自己和施与者套上枷锁。

不如和施与者及其馈赠一同展翅飞翔，因为对债务耿耿于怀，就是怀疑那宽厚的以大地为母、以上帝为父的施与者的慷慨。

不再为失眠而焦虑

文_戴尔·卡耐基

珍妮·麦当娜对我说：当她心情沮丧、闷闷不乐而无法入睡时，便会重复《圣歌》第二十二章中的内容，以获得一种"安全感"——"上帝是我们的牧师，我心无杂念。他让我躺在绿色的牧地上，带领我来到幽静的溪流旁。"

如果你不信奉宗教，又很难解决一些问题的话，你可以通过物理措施来进行放松。大卫·哈罗·芬克博士曾经写过一本名叫《消除神经紧张》的书，上面说治疗失眠的最好方法就是与自己的身体交谈。按照芬克所说，语言是所有催眠方法的关键，你一直不能入睡，是因为你对自己说得太多，患上了失眠症。解决方法是你对着自己身上的肌肉说："放松，放松——放松肌肉，放松。"我们都知道，在我们睡觉时，如果肌肉处于紧张状态的话，思想和神经也得不到放松，因此我们先要放松肌肉。芬克博士推荐的解决方法是：把一个枕头放在膝下，使所有的腿部肌肉得到放松，再在胳膊底下分别塞几个小枕头。然后，放松下颚、眼睛、胳膊和腿，最后我们就不知不觉地进入了梦乡。我曾经试过，很有效。如果你很难入睡，可以看看芬克博士的书——《消除神经紧张》，我认为这是一本可读性强，并适合治疗失眠的书。

另外一种治疗失眠症的捷径是参加体育锻炼，比如，园艺活动、游泳、打网球、打高尔夫球、滑雪等等，或是做一些消耗体力的工作。德莱塞就是这样做的。当德莱塞还是一个正在奋斗的年轻作家时，他总是为了失眠而焦虑不安，便在纽约中央铁路公司找了一份切割工的工作。经过一天的钉钉子和铲沙砾工作后，德莱塞感到极其疲惫，吃饭都很难坚持足够长的时间。

如果我们感到很疲惫，就算是在走路，也会入睡的。举个例子：我13岁时，父亲要将一车肥猪运往密苏里州的圣桥城，因为他有两张免费的火车票，就带我一起去了。在那之前，我从未到过一个人口在四千人以上的镇子。当我来到了这个人口达六千人的圣桥城时，我激动万分。看到六层高楼和电车，我惊愕极了。时至今日，当我闭上眼睛，电车仍然历历在目。当我经历了人生中最刺激和兴奋的一天后，父亲和我坐上回家的火车。火车到站时已经是凌晨两点，我们不得不步行四英里回到农场。我感到非常疲惫，几乎是边走边睡。我过去经常骑着马就睡着了。这些往事到现在我还记忆犹新。

当一个人感到非常疲惫时，就算是雷鸣声或面临战争的恐怖和危险，他都可以安然入睡。著名的神经科医师福斯特·肯尼迪博士对我说，1918年，英国第五军退军时，他亲眼目睹筋疲力尽的士兵昏迷般地倒地而睡，即使拨弄他们的眼皮，也无法醒来。他说他注意到，所有熟睡的人的眼球都是向上翻的。"从那以后，"肯尼迪医士说，"当我睡不着时，我就把眼球往上翻，一会儿我就开始打哈欠，并感到非常困倦了。这是一种不受自我支配的条件反射。"

没有人可以用不睡觉的方法来自杀的，从来没有。无论一个人的意志多顽强，都逃不过自然的力量。我们可以长时间不吃东西，不喝水，但是我们绝对不能长时间不睡觉。

说到自杀，我就想起一个事例来，那出自亨利·林克所著的《人类的再发现》一书。林克博士是心理社团的副团长，他经常会与一些心理焦虑和沮丧的人交谈。在《消除恐惧与忧虑》那一章中，他谈到了一个想要自杀的人，林克博士明白争辩只会让事情更糟，所以他对这个人说："如果你选择了这条自杀之路，那你至少要勇敢一些。绕着街区一直跑，跑到累死为止。"

　　这个人真的这样做了，他试了很多次，每次都会感到舒服一些，这种感觉只表现在心理上，而不是身体上。到了第三天晚上，林克博士终于达到了他的最初目的——这个人非常疲惫地像一块圆木似的睡着了（身体上的放松）。之后，他加入了体育俱乐部，开始参加竞技运动。不久，他再次感到心情愉悦，并希望好好地活下去。

幸福与娱乐毫不相干

文_耶达·伍德

我住在好莱坞迪斯尼乐园，那里全年阳光普照。你可能认为生活在那么富于魅力，充满乐趣的地方，一定比其他地方的人更幸福。如果这么想，你可能对幸福的真谛有些误解。

很多聪明的人仍将幸福等同于乐趣。其实，乐趣和幸福的共同之处极少，或者说根本就没有。乐趣是行为过程中的感受，而幸福是我们行为过后的感受，它是一种更为深刻、持久的感情。

人们坚信充满欢乐，远离痛苦的生活方式就等于幸福。实际上，这样反而减少了他们获得真正幸福的机会。如果欢乐和愉快等同幸福，那痛苦就等同不幸。其实恰恰相反，多数情况下，能带来幸福的事物往往包含诸多痛苦。

所以说，许多人所逃避的艰难困苦恰恰是真正幸福的源泉。这些人害怕那些必定会带来痛苦的事情，如结婚、抚养子女、提高专业技能、承担宗教义务、社会服务或慈善事业，提升自我等。

尽管一个单身者对约会越来越不感兴趣，但当你问他为什么还不想结婚时，如果他很诚实，就会告诉你，他怕承担责任。因为承担责任确实是一件痛苦的事情。独身生活充满着乐趣、冒险和激情。婚姻虽也有如此体验，却大为逊色。

同样，选择不要孩子的夫妻都有一种观点，即宁可要不痛苦的欢乐，也不要痛苦的幸福。他们可以随时出去吃饭、旅游，想睡到多晚就睡多晚。而有孩子的夫妻，睡上一整晚，或有三天假期，算是幸运的了。我想，任何夫妇都不会用"乐趣"这个词来形容抚养孩子。

但是，不要孩子的夫妇永远也体会不到，拥抱孩子或晚上给孩子掖好被子时的愉悦。他们永远不知道，看着孩子长大或者逗弄儿孙的乐趣。

然而，这些形式的乐趣在任何意义上都称不上是我所谓的幸福。写作、抚养孩子、增进与妻子的感情、为社会做些善事——这些给我带来的幸福远比娱乐带来的乐趣要多。要知道，娱乐是转瞬即逝的。

了解并接受真正的幸福与娱乐毫不相干，我们就能获得最大限度的解放。它解放了时间：现在我们能集中更多的时间去从事那些能带给我们真正幸福的活动；它解放了金钱；买一辆新车或一些时尚的衣物并不能增加我们的幸福；它把我们从嫉妒中解放出来：我们懂得，那些曾被我们确信幸福的富豪权贵们，只不过是享受了太多的娱乐，事实上或许毫无幸福可言。

我们如果懂得娱乐并不带来幸福，就会开始用不同的方式生活。其效果将是人生真正的转折点。

162

选择乐观

文_赫森·查理

如果你预料某事会很糟糕，那么它很可能真会这样。悲观的想法一般都能实现。反过来，这个原理同样成立。如果你料想会好运连连，通常也会这样！乐观和成功之间似乎有一种天然的因果关系。

乐观和悲观都是强大的力量，我们塑造和展望未来，都必须从中作出选择。每个人的生命中都有太多的幸运或灾难：充满着忧伤和快乐、无限的喜悦和痛苦——不论我们是悲观还是乐观，都有充分的理由。我们可以选择哭或笑、祝福或诅咒。这是我们的决定：选择用什么样的眼光来看待人生？是在希望中昂首阔步，还是在绝望中低头长叹？

我喜欢展望未来。我选择关注积极面，忽视消极面。我是乐观主义者，更多的是因为我的选择，而非天性。当然，我知道，生命中总存在着悲伤。现在，我已经70多岁了，经历过太多灾难。但是，当一切尘埃落定，我发现生命中的美好远多于丑恶。

乐观的态度并非奢侈品，而是一种必需。你看待生活的方式决定了你如何去感受、去表现，以及你与他人如何相处。相反地，消极的思想、态度和预想也决定了这些，它们成为一种能自我实现的预言。悲观会制造一种阴沉的生活，没有人愿意活在其中。

几年前，我开车去一个加油站加油。那天天气很晴朗，我心情很好。当我进站付油费时，服务员对我说："你感觉怎么样啊？"这个问题有些莫名其妙，但我感觉很好，也这样跟他说了。"你脸色不大好。"他说。我十分惊讶，于是，我告诉他，我确实感觉不错，但已不再信心十足了。他毫不犹豫地继续说我的脸色如何不好，连皮肤都发黄了。

我心神不宁地离开加油站，开了一个街区后，我把车停在路边，照着镜子看看自己的脸。我怎么了？是不是得黄疸病了？一切都正常吗？回到家时，我开始想吐了，我的肝脏是不是出了问题？我不会染上什么怪病了吧？

我再次去那个加油站时，又感觉不错了，也明白了究竟是怎么一回事。这个地方最近涂了一种明亮、胆汁质的黄色油漆，灯光反射在墙壁上，让里面的人看起来像是得了肝炎。我想，不知道有多少人也有过类似的经历呢！我的心情因为与一个完全陌生的人短暂交谈，整整改变了一天。他告诉我，我看起来像生病了，而后不久，我真的感觉不舒服。这个消极的观点，深刻地影响了我的感受和行为。

唯一比消极更具力量的是一个积极的肯定，一句乐观和希望的言辞。最让我欣慰的是，我是在一个有着乐观主义光荣传统的国度里成长的。当整体文化积极向上时，再难以置信的事也能完成。当世界看起来充满希望时，人们就会在这个积极的场所努力向上，并获得成功。

乐观并不需要变得幼稚，我们可以在成为乐观者的同时，仍意识到问题的存在，有些甚至难以解决。但是，乐观使解决问题的态度有所不同！乐观会使我们把注意力从消极转到积极的、建设性的思考上。如果你是一个乐观者，会更关心问题的解决，而不是毫无价值地怨天尤人。事实上，如果没有乐观主义精神，一些现存的巨大问题，如贫穷，就毫无希望解决。它需要一个梦想家—— 一个拥有绝对乐观、矢志不渝、坚定信念的人——来解决这个巨大的问题。乐观，或是悲观，在于你的选择。

书 籍

文_本德·戴维

"书籍是年轻人的向导，老年人的消遣。它帮助我们排解孤寂，摆脱精神负担。"

——杰里米·柯里尔

"世间唯一真正平等待人的是书籍，唯一开放的来者不拒的宝库是图书馆。"

——兰格弗博士

也许世间没有任何事物的力量可与书籍匹敌：它使穷人摆脱贫困，使悲惨者脱离苦海，使负荷者无视沉重，使病人忘却痛苦，使伤心的人抛开忧愁，使受压迫者忘掉屈辱。书籍是孤独者的朋友，被遗弃的伴侣，无趣者的欢乐，绝望者的希冀，沮丧者的兴奋剂，无助者的帮手。它们给黑暗带来光明，给阴影带来绚烂。

我们可能卑微，被社会遗忘，没有机会与那些大人物和上流人士交往。但是，在书中——这个世界上最美好的社会——我们可以住在宫殿，同王子交谈，熟悉所有王室成员，始终与最伟大、最高尚的人往来。

一本书会决定一个人的人生是美好还是糟糕，成功还是失败。生命早期读过的一些书，会对我们产生深远的影响。

我们从自己喜爱的书本中，形成了许多自己的观点。最喜欢的作者往往是影响我们最深的老师，我们通过他的眼睛看世界。如果我们习惯阅读一些振奋人心、文风纯正、逻辑分明、敏感睿智的书，这些品质也会根植于我们的思想中。相反，如果我们阅读消极、不健康的书，则会沾染书中的缺陷和恶习。我们无法避免我们所读的书对我们的影响，如同无法避免我们所呼吸的空气对我们的影响一样。

最好的书最能激励、鞭策我们持之以恒地去做事，成为与众不同的人。它们把我们提升到更高的境界，让我们呼吸更清新的空气。如同应该结交鼓舞我们从事崇高事业的人一样，我们也应该只读那些鼓舞人心、帮助我们创造更大价值和机会的书。

爱默生有三条读书准则：从不读出版不到一年的书，从不读不出名的书，从不读不喜欢的书。

藏书不再是一种奢华，而是一种必需。一个家没有书籍、杂志和报纸，就像一间屋子没有窗户。儿童会在群书中学会阅读，经常翻阅会让他们不知不觉地吸取知识。任何一个家庭都不能没有好的读物。如果你无力承担，那么用书籍或者图画来装饰你的家，而不要用一些不必要的家具；宁愿穿破旧的衣服鞋袜，也不要吝啬书本；如果不能把孩子送去学院，你可以给他们一些好书，那会让他们摆脱环境的束缚，享有尊敬和荣耀。

玛丽·沃特利·蒙塔古说："没有比读书更便宜的娱乐，也没有比读书之乐更持久的愉悦。"好书可以陶冶情操，净化心灵，抵制低级趣味的诱惑，使我们的生活品位和思想境界达到更高水平。读过一本卓越、激励人心的书，我们的思想就不会轻易低劣。为进步或愉悦而读书的人，谈吐会更加风趣，但这并不涉及所读之书。

　　不论你读什么书，如果你想提升精神境界，就要饱含激情、精力充沛、全心全意地去读。学会吸收书中的精神和生活道德，并融合到你自己的生活中。能将最多的知识消化并转化成品质的人，是最会读书的人。死读书的人只会背诵字词和一些皮毛，没有丝毫领悟。他们的大脑拥塞，精神却饥渴。如果你从某一本书中受益颇深，就会感受到一种前所未有的力量。

作者自述

文_华盛顿·欧文

一直以来，我都很喜欢出游，观察新奇的风俗人情。在我还年幼的时候，便踏上了旅程，多次去游历故乡的一些偏僻陌生之地。父母常常为此惊慌，为了找我回家，他们也没少给镇上的地保交一些赏钱。

童年时，我扩大了自己的活动地盘。每到假日的下午我总去附近村落转悠，对那里的历史典故和神话传说了如指掌。我熟悉那些凶杀抢掠现场和鬼魂萦绕之地。去邻近村庄的时候，我观察人们的风俗习惯，拜见当地的名人志士并与他们交谈，这大大增长了我的见识。某个夏日，我登上了最远的山冈，从山顶上遥望远处数十英里外的陌生地带，发现我所居住的地区如此辽阔，这真让我大大惊叹。

岁月流逝，我出游的兴趣更加浓厚。我狂爱游记，如饥似渴地阅读使我无暇顾及学校的正常功课。晴天时，我希望徜徉在码头，看着驳船离岸远去，不禁觉得心神爽朗。点点风帆，消失得无影无踪，我仿佛随着幻觉飘向天边。

细读和深思虽然给模糊的爱好套上理智的约束，但却使其变得更为明确和坚定。我游遍祖国山河，如果单是为欣赏优美的风景，那我就犯不着去别处寻找这种欲望的满足感，因为再没有别的国家像美国这样有如此迷人的自然景色了：广阔的湖泊，如银波闪耀的大海；崇山峻岭，铺上空灵清爽的色彩；深邃的峡谷，繁茂的草木；众多的鸟兽，激荡的瀑布在寂静的荒原中轰鸣而下；无边的平原，连绵起伏，郁郁葱葱；深厚宽阔的河流，浩浩荡荡，无声无息地奔流入海；人迹罕至的森林，处处显露着豪放的景观；夏日的天空，云朵变幻莫测，阳光灿烂；不，一个美国人永远不必去国外寻找宏伟壮丽的美景！

欧洲具有一种迷人的魅力，能让人联想起诗意盎然的典故。那里有杰出的艺术，优雅先进的文明社会，以及古怪离奇的地方风俗。我的祖国朝气蓬勃、前途似锦，而欧洲则有着厚重的历史沉淀和时代宝藏。那里的废墟记载着岁月的流逝，每块崩碎剥落的石头都是一段编年史。我梦想着漫游名胜古迹——踏着前人的足迹前进；流连在废墟古堡周围——默默地凭吊摇摇欲坠的巍巍高塔。总之，我想逃避俗世的纷纷扰扰，沉醉在昔日辉煌的虚幻中。

除此之外，我还迫切渴望拜会当今的伟大人物。我们美国确实也有自己的杰出人物；连一个城镇都会有众多的英雄豪杰。我曾经穿梭在他们中间，可是他们的光芒盖住了我，使我黯然失色。对于小人物而言，最糟糕的莫过于活在大人物，尤其是大城市里的大人物的阴影下。

虽然如此，我仍然非常急切要去探访欧洲的伟人，因为我读过各个哲学流派的作品，它们都认为一切动物到了美国就会退化，包括人在内。我想，欧洲的伟人一定要比美国的卓越，就像阿尔卑斯山的山峰要比哈德逊河流域的高地高许多一样。我这个想法得到了证实。我观察过许多来我们这里的英国游客，我敢断言，在故乡他们只不过是渺小的人物，可是此时此地却显得心高气傲，目空一切。由此我更确定了这一想法，我一定要去那个神奇之地，见识一下已退化成诸如我类的伟大种族。

　　不知幸运与否，我游历的癖好居然得以满足。我转悠了好几个国家，亲眼目睹了许多沧桑变幻。对于这些，称不上以哲学家的眼光进行过研究，不过确实是以普通文物风光爱好者的身份，畅游在满是图片的橱窗外，有时被造型勾勒出的美感所吸引，有时被漫画夸张的奇特形状所迷惑，有时被明媚动人的景色所诱惑。

　　现在的游客总是随手带着画笔，带回家的都是满满的速描画，时尚如此，所以我也随意凑了几幅，供友人娱乐。当我浏览了那些有心记下的提示和备忘后，常常心生恐慌，我的惰性令一些重大课题束之高阁，而这都是著书立说的游客所要研究的。

　　我担心自己会像一个不幸的风景画家那样使人失望，虽然他曾经游历过欧洲大陆，但总是随着自己流浪的嗜好，去犄角旮旯和荒郊野岭里写生。因而，他的写生簿里总有村舍、自然风光和说不上名字的废墟，而没有圣彼得大教堂或者罗马圆剧场、特尼大瀑布或者那不勒斯湾，怎么也找不到一幅冰川或者火山的奇观。

写作的乐趣

文_温斯顿·丘吉尔

在我看来，世上幸运的人——唯一真正幸运的人是那些以工作为乐的人。这类人并不多，起码不如人们常说的那么多，并且，作家也许是其中最重要的组成部分之一。从幸运这个角度来说，他们至少享受着生活中真正的和谐之乐。

我觉得以工作为乐，是人们值得为之奋斗的一种崇高荣誉。别人会羡慕这些幸福的人，这也不足为奇，因为他们在快乐的激情里找到了生活的方式，对他们而言，工作一小时，也就是享受一小时，休息——甭管多么有必要——都是让人厌烦的插曲，甚至连休假也差不多是一种损失。

无论一个人写得好坏与否，写得或多或少，如果他喜爱写作的话，就会享受其中谋篇布局的乐趣。在一个阳光明媚的清晨，伏案写作，不受任何人打扰地坐上两个时辰，加上有足够的上好白纸，还有一支"挤压式"妙笔——这才是真正的幸福。能有一份愉快的职业让人全身心地投入——此愿足矣！

管它外面发生什么事！下议院尽管做想做的一切，上议院也可随便；异教徒或许在世界各个角落怒火汹汹；美国市场大可一泻千里，证券下跌；女权运动兴起——所有这些都别管，无论怎样，我们有四个小时可以逃脱这无趣、病态、专制、混乱的尘世，用想象的钥匙开启藏有大千世界所有宝物的橱柜。

如果说作家没有自由，那么又有几个人是自由的？倘若他没有安全感，又有几人是安全的？作家的工具再普通不过了，极为廉价，几乎没有什么商业价值。他不需要庞大的原材料，不需要精密仪器，不需要别人鞍前马后地服务。

他的职业只靠自己，不靠任何人，只操心自己，任何事都无所谓。他就是一国之君，自给自立。没有人能没收他的资产；没有人能剥夺他从业的资本；没有人能强迫他把自己的才华施展在他不情愿的地方；没有人能阻止他按自己的选择发挥天赋。

他的笔就是人类和各个民族的救世主。任何束缚都无法禁锢，任何贫困都阻挡不了，任何关税也无法限制，他任凭思想自由驰骋，甚至"泰晤士图书俱乐部"也只能对他的收获有节制地施加打击。只要尽力而为了，不管作品的结果是好是坏，他都会觉得很开心。

我总相信在风云变幻、令人头疼的政治生涯中，有一条通向宁静富饶之地的退路，那是任何无赖都到达不了的地方，我永远不会感到失败的沮丧，也永远不会空虚无聊，哪怕没有权势。的确，在那时，我虔诚地感谢自己生来就爱好写作；在那时，我无比感激每个时代、每片疆土上的所有勇士，是他们做出的斗争使现在的写作拥有无可争议的自由。

英语是一种多么高尚的语言！我们每写下一页，都沉浸在母语的柔韧灵活、博大精深为我们带来的不容置疑的喜悦中。如果一位英国作家，不能用练达的英语说出他必须说的话，那么那句话或许不值得说。倘若没有深入研究英语，那是何等的憾事！我不是要攻击古典教育。凡是自信对文学有点鉴赏力的人，都不可能漠视希腊、罗马的魅力。

但我得承认，我深深地忧虑我国目前的教育制度。我难以相信这个制度是好的，甚至是合理的，因为它把只有少数特权人物和天才才能欣赏的东西，展示在不情愿接受又莫名其妙的大众面前。对大多数公学的学生来说，古典教育始终都是些冗长无用和没有什么意义的陈词滥调。如果有人告诉我，古典课程是学习英语的最好准备，那我就会回答说，迄今为止，大多数学生已完成学业，然而这个准备阶段仍然未完成，他们也没有收获任何预期的优势。

那些无缘成为大学者而又对古代作家有所了解的人，难道可以说他们已经掌握了英语吗？那些从大学和公学毕业的年轻人，有几人能把一段拉丁诗文娴熟地写下来，足以让坟墓中的古罗马人为之动情！而能够写出几行连珠妙语的人就更少了，更不用说用英语简洁练达地写出几个精彩的段落！

不过，我倒是非常羡慕古希腊人——当然我得听别人讲述他们的情形——我很乐意见到我们的教育家至少能在一个方面效仿古希腊人。古希腊人如何运用自己的语言，使之成为人类迄今所知最高雅、最简练的表达方式呢？他们是否用了毕生的时间学习在此之前的语言呢？他们是否不知疲倦地潜心研究某个已不复存在的世界里的原始方言呢？

根本没有！他们只学习希腊语，他们学习自己的语言，他们热爱它、珍惜它、修饰它、拓展它，因此，它才能得以延续，其楷模和乐趣供所有后人享用。毫无疑问，对我们来说，既然英语已经为自己在现代世界里赢得了这般举世无双的地位，我们至少能从古希腊人那里吸取些训导，在多年的教育中稍微操点心，抽空去学习一种也许在人类未来发展中起到主导作用的语言。

让我们记住，作家永远可以发挥最大的努力。他找不出任何托词不这样做。板球明星也许会发挥失常；将军在决战之日也许会牙疼，也许他的部队很糟糕；舰队司令也可能会晕船——作为晕船者我满意地想到了那意外；卡鲁索可能会得黏膜炎；哈肯施米特也会得流感；对于一位演说家来说，仅仅是想得好和想得正确是不够的，他还得脑筋转得快，速度至关重要，随机应变越来越成为优秀演说家的标志。

所有这些活动都需要行动者在一个特定的时刻全心全意地付出，而无法掌控的各种事态也许决定着这一时刻，作家的情况就不需要这样。他可以等到一切准备就绪时再出场，他永远可以把他的最大潜能发挥出来。他并不依赖于自己在某一天的最佳时刻，他可以把二十天的最佳时刻攒起来。他没有理由不尽最大的努力，等待他的机会很多，赋予他的责任也很大。

有人说过这样的话——我忘了是谁说的——"言语是唯一恒久的东西。"我以为这永远是绝妙的思想。人类用石块垒起的如此坚固的大厦，是人类力量最伟大的结晶，但它也可能会夷为平地，而那一闪而过的言辞，那思绪飞扬时即逝的表达却延续了下来，它不是历史的回音，不是纯粹的建筑奇迹或令人肃然起敬的遗迹，但它的力量依旧强大，生命依旧鲜活，有时候远比当初说出来的时候更加坚强有力，它穿越了三千年的时光隧道，为生活在现在的我们照亮了世界。

爱才能铸就完美

文_布兰奇·琼斯

　　查斯是纽约布鲁克林的一所学校，它是专门为有学习障碍的孩子开办的。一部分孩子会在这里完成整个学业，而另一部分孩子会转入常规的犹太学校。一次，在查斯的筹款晚宴上，一位学生家长发表了一篇让现场所有人都难以忘怀的演讲。他首先称赞了学校和尽责的教职工，接着大喊道："我儿子沙亚什么地方是完美的？上帝所做的一切都是尽善尽美的。其他孩子能够理解事物，而我的孩子却不能，也不能像他们那样牢记生活常识和数字。上帝所谓的完美在哪里？"

　　这一问，震惊了全场观众。他们深切地感受到这位父亲的痛苦，同时如此尖锐的质问也让他们愣住了。

　　"我认为，"这位父亲自答道，"当上帝将这样的孩子带到世界上时，人们对这个孩子的态度就是他所寻求的完美。"接着，他讲了这个关于沙亚的故事。

　　一日午后，沙亚和父亲经过公园时，看到沙亚认识的一些男孩正在玩棒球。

沙亚问："你认为他们会不会让我玩？"

父亲清楚儿子对运动一窍不通，而且多数男孩也不会想让沙亚加入他们的队伍。但他也明白，如果儿子能被接受，那将会给儿子带来快乐的归属感。因此，他走到球场内的一个男孩面前，询问能否让沙亚加入。

男孩环顾四周，想从队友那里得到意见，但没人回应。于是，他决定自己做主，说："我们现在落后6分，但比赛已经是第8局了。我认为他可以加入我们队，我们会尽量让他第9局上场。"

沙亚的父亲喜出望外，沙亚也露出了灿烂的笑容。男孩们让他戴上手套打中外野手。第8局下半场时，尽管沙亚队赢得了几轮，但依旧落后3分。第9局下半场时，沙亚队又得分了。此时，已有两个垒手出局，满垒还拥有一个垒位打点，那是绝对有希望获胜的。

按照计划，轮到沙亚上场了。如此关键的时刻，他们会放弃获胜的希望而让沙亚击球吗？出乎意料的是，他们把球棒递到了沙亚手中。沙亚连如何拿好球棒都不知道，更不用说击球了，因此所有人都明白，胜利是不可能了。当

沙亚向垒板走去时，投手移动了几步，放低手，轻轻将球缓慢地投了过来，这样沙亚最起码有可能碰到球。第一次投球过来时，沙亚笨拙地抡了一下球棒，但没有击中。于是，一个队友走过来和沙亚一起握着球棒，面朝投手，等待着第二次投球。投手向前挪了几步，轻轻地将球朝沙亚投过来。球过来时，沙亚和他的队友一起挥动球棒，打出了一个很慢的滚地球。投手接起这个

轻柔的滚地球，他本可以轻易地把它传给一垒手，这样沙亚就会出局，比赛也就会结束。

相反，投手拿到球后，高高地抛出一个大弧线，将球投到了右半场，这样一垒手根本接不着。所有人都开始喊："沙亚，跑到一垒，跑到一垒!"此前，沙亚还从未跑到过一垒去。他匆匆地跑过垒线，惊奇地睁大了眼睛。当他跑到一垒时，右外野手已接到球了。

他本可以把球传给二垒手，这样就可以把奔跑中的沙亚秒杀出局。但右外野手明白投手的意思，因此把球往远处抛去，甚至远高过了二垒手的头。人们都在喊："跑到二垒，跑到二垒。"于是沙亚跑向二垒，同时队员已经疯狂地冲到他前面朝着本垒将垒围了起来。

沙亚跑到二垒时，对方的游击手向他跑来，将他引向三垒并喊道："往三垒跑。"当沙亚转到三垒时，两队的男孩都在他后面大喊："沙亚，跑回本垒!"沙亚跑到本垒，站在本垒板上。18个男孩把他当做英雄举在肩膀上，因为他刚打了一个"满垒全垒打"，为自己这一队赢得了比赛。

"那一天，"这位父亲轻声说着，眼泪顺着脸颊淌了下来，"那18个孩子达到了上帝所创造的完美。"

学会接受自己

文_夏洛特·威廉

　　自我怀疑并非天性，而是后天学来的。事实上，怀疑自己通常是被教化的结果。那些教化者往往正经历着困惑和犹疑，他们善意地以为自己是出于保护和关爱，他们（通常是父母或其他重要的长辈）希望我们成为强壮、能干和自信的人。但不经意间，他们教导我们思考的方式却常常导致不良的后果。可喜的是，我们可以理解这种方式，并学习新的方式以更好地接受自我。以下有六种行为，避免这六种行为可以帮你增强自我认可度，你可能学过但并不一定完全理解。

　　说教式的自我评价

　　用说教的方式进行自我评价确是令人自暴自弃的一种方式。人们经常耗费大量时间和精力用这样的形容词来评定自己："差劲"、"可恶"和"低劣"。如果你用这些词来形容自己，想要自我认可是非常困难的。有这样一种方式可以让你更欣赏自己，不是用说教式的自责，而是开始问自己一些这样的问题："在这种情形下，我是在做自己真正想做的事吗？""我要怎样消除误会呢？"换言之，你开始用有无成效来看待问题，而不是用好坏来评判。如果某事没有成效，你可以集中精神吸取教训，并尝试其他方法以取得更大的成效。

以偏概全

导致你无法接受自己的另一种情况是，你对自己做过但并不喜欢的事"以偏概全"。比如说，如果某次考试不及格，你可能会说："我真是个傻瓜。"你这样评价其实是对自己过去和未来的全盘否定，而不是针对时下的情况。相反，你应该先明确这个科目的分数在这次考试中确实少得可怜，然后，再决定要怎么应对。以偏概全只会打消你的积极性，让你无法在下一次考试中进步，丧失对未来的信心。

不切实际的高标准

给自己定下不切实际的标准是第三种无法认可自我的原因。大多数人对自己的要求比对别人严格，这不足为奇。但我们能容忍别人的失败：他们不一定总是完美，做过的事不一定总引以为豪——却很难接受我们自己身上人性的弱点。追求完美的渴望是导致自己感到失败、增强自我排斥的另一种原因。人人都会犯错误，我们应该认识到人性中固有的局限性。要学会自我欣赏，而不要一味渴求成为怎样的人。在莱纳斯一部流行的喜剧片中，有一个镇定并总是忧虑的角色，引用他的话来说，"世界上最沉重的负担就是潜在的焦虑。"如果我们总是去做那些想去做的一切事，岂不是会将自己完全吞没？没有人拥有那么多的时间和精力。我们必须有所选择地去追求，然后在某些条件（顺带说一句，不一定总是很理想）下付出最大的努力。

不能接受你能力有限的事实

我们以为只要努力奋斗就一定能达到目标，这是阻碍自我认可的另一个因素。你可能达到很多目标，并由此树立信心。可是，很多人却看不到成功，因为他们总是把注意力集中在失败上。特别是，当我们付出艰辛、遭受磨难后仍然要面对多次失败时，所有的努力看起来都付之东流了。我们很难接受目标无法达成的事实，这可能是许多因素造成的，包括我们没有那方面的才干或技能。当然，也可能是其他一些操作上的问题使目标在那个时期落空——健康因素、经济问题、家庭困难、外在压力或其他单个或多个因素的综合作用。自我认可真正的诀窍在于要意识到这个目标是不可实现的，至少现在不能，然后转移你的注意力，集中到当时条件允许的、能达到的目标上。这可能包括评估你原来的目标，然后决定是否继续追求，也意味着你能从已达到的目标和学到的经验中树立信心。

攀比

用他人达成的目标来评判自己，必定会降低你对自我的认可。你是否注意到，你从不与看似不如你的人比较，而总是选择那些最优秀、最成功的人来比较。你跟你的朋友、兄弟、姐妹、父母或其他人一样好吗？试着做一个普通人会怎样？（谁是或用什么来界定"普通人"呢？）你比别人好就真的很优秀吗？当我们把别人当做自己的尺码时，并没有想过自身的缺陷或才干。比如，某人的口才看上去比你好，你可能有两种反应：你可能变得不安和沮丧，告诉自己你也要有如那个人那般好的口才；或者，你能够认识到，可能有更多的人在特定的场合和时间口才很好，你能接受这个事实，觉得没什么，对你来说无关紧要。攀比会导向绝路，它可能会使你丧失自身的其他品质，如诚实、友善、怜悯、奉献等等。事实上，你的价值并不体现在多么像某个人，而在于你自身。

被动

被动的处世态度会让你更难接受自己。从事你所喜欢的活动有助于自我欣赏。回想那些最不能接受自己的时候，你在做什么？你是怎样度过的？接受和欣赏自己意味着对自己的生活很满意。如果没有自我认同感，你可能正在做自己不喜欢的事，或对生活不满意。增加自我认可度的一个方法是：更积极地面对生活。寻找那些更积极、更能给你带来快乐的关系——不一定是你能拥有的最大的快乐，但一定是从你当时的选择中能得到的最大快乐。尝试一些新的东西，也许，你总是想尝试更多，却总觉得做不到。那么，带着一种寻根问底的态度去试试看吧，你可能会发现它们令你愉快，并想继续下去；可能发现它们很好，但不值得继续；也可能发现自己根本不喜欢，把它们删除会感觉更好。尝试并真正去经历，会让你的自我感觉更好，也会让你对自己的能力更有信心。

论出游

文_威廉·哈兹里特

这世上最快乐的事情之一就是旅行，不过我喜欢独自出门。在房间里，我享受的是社会生活，但是在室外，大自然就是我最好的伙伴。虽然我是一个人，但我从不感到孤独。

"田野是书房，自然是书籍。"

我不认为边走边谈有多明智。置身于乡村田野，我希望自己像草木一样复得自然。我不是来挑剔灌木丛和黑牛的，我走出城市是为了忘却城市和城市中的一切。有的人或许也是因为这个目的来到海滨，却又随身带去了城市的喧闹。我向往世界有着博大的空间而没有世俗的牵绊。我喜欢独处，身在其中独享其乐，而不会去要求"于僻远处觅友，共话独居之乐"。

旅行的意义在于享受自由，无拘无束的自由。一个人让思想驰骋飞翔，尽情地做让自己愉快的事情。出行的目的就是摆脱困扰和担忧，放松自我，不再因为他人而顾虑重重。我需要放松一下自己，静静地思考一些事情。让思绪"插上健壮的翅膀自由放飞，在嘈杂的人群中，它们曾经受到伤害，变得凌乱"。

于是我暂时把我自己从城市中解脱出来，即使独自一人也不觉得失落。比起与那些朋友寒暄，为某些陈旧的话题喋喋不休地谈论，我想这样一个人坐在驿车或轻便的马车里，头顶湛蓝的天空，脚踏翠绿的田野，悠然地行驶在蜿蜒的小路上，真的很愉快。

饭前我有3个小时的时间可以散步，顺便思考一些问题！独自享受这些美好的东西，我的心中强烈地涌动着一股喜悦。我情不自禁地大笑，愉快地奔跑，纵情高歌。天边云层翻滚，我陷入对往事的回忆之中，我是多么欣喜呀，就像久经烈日烤晒的印第安人一头扎进浪涛里，让大浪带他回到故乡的海岸。

多少尘封往事，犹如"沉没的船只和无数的宝藏"涌现在我热切的眼中。我重温那时的所感所想，似乎回到儿时。我所说的沉默不是死气沉沉，不需要时不时刻意地加点喧闹的气氛，而是一种能抵御外界干扰的内心的安宁。

这沉默本身就是最有力的雄辩。没有人比我更喜欢使用双关语、头韵、对仗、辩论和分析，但有时我宁愿撇开它们。"啊，别打扰我，让我独自享受宁静吧！"此时我还有其他事情要做，也许这些事情对你来说无关紧要，但却是我"所期待已久的"。一朵野玫瑰难道只有得到人们的称赞才能证明它有芳香吗？这朵翠绿的雏菊不已经植入我的心底了吗？

我对你们解释这些在我看来值得珍惜的事物时，你们可能会笑话我，因此我把这一切掩埋在我心里，供我平日里冥想，让思绪从这里飞到远处的悬崖峭壁，再从那里飞向更遥远的地平线的另一端，不是更美妙吗？也许我不是某种意义上的好旅伴，因此我还是愿意独自旅行。

我听说当你闷闷不乐时，也会独自出门或策马前行，沉浸在想象之中。但是你却认为这样做是违背礼节的，很没有礼貌，因此你总在想要不要回到朋友当中，而我却要说："不要再伪装这种虚假的友谊了。"我喜欢要么完全是自己支配自己，要么完全由别人来支配自己；要么高谈阔论，要么沉默不语；要么散步或静坐，要么活跃或独处。

　　我很同意考柏特先生的见解，他认为"法国人的一个坏习惯是一边吃饭一边喝酒，而英国人则应该在一个时间里专注于做一件事情。"因此我不能边谈话边思考，或因为太放纵自己的情绪导致时而忧心忡忡，时而情绪激昂、滔滔不绝。

　　"让我有个同行的伴，"斯特恩说，"哪怕只是聊聊太阳下山时影子怎么拉长也行。"这是一种很完美的说法，但我的观点是，反复地交换意见会破坏我们对事物最初最本质的印象，从而让思维变得很杂乱，假如你用一种哑语的方式表达自己的感受，那就真的是索然无味；假如你不得不解释一番，那么本要来享受的事物就变成了苦差。

　　在阅读"自然"这本书时，为了使别人能弄明白，你不得不经常翻译它，给自己带来很多麻烦。所以，对于旅行，我倾向于用综合法而不是分析法，我喜欢储存一大堆想法，然后慢慢地解析研究。我希望能看着那些不清晰的想法像花絮一样飞舞在空中，而不是在一群矛盾的荆棘丛中纠缠不清。

　　这一次，我要按照自己的方式做事情。这种情况只有独自一人时才能实现，或者是和我并不奢求在一起的一些人合作。我并不反对与朋友算好20英里路程，然后边走边聊，但这么做绝不是兴趣所在。你对同伴说路旁的豆田散发着扑鼻的香气，可是他的嗅觉不太灵敏；当你评论远处的美景时，你的朋友或许是个近视眼，他得先戴上眼镜；当你感觉空气中蕴涵着某种情调，云朵的颜色很别致，所有这些让你陶醉，而这种感觉却无法对他言传。

因此你们无法产生共鸣，而最后以至于你兴致大跌，只剩下一种幻想达成共鸣的渴望和不满的情绪。我现在已经不再和自己争吵，并且把我所有的结论都看做是理所当然，除非有人提出反对意见，这时我才认为有必要为我的观点辩护。

这不仅仅是因为你们对眼前的事物或环境持有不同的意见，而且是因为它们会引起你对很多往事的回忆，引起一些只能意会无法言传的奇思妙想。然而我却很珍爱它们，当我远离人群时，我甚至会深情地拥抱它们。让我们的感情在老朋友面前放纵显得有些牵强，同时，随时随地向人们披露这一人类的奇异，并引发他人的兴趣（否则就没有达到目的），这项艰巨的工作很难有人能承担。

我们应该"领悟它，但是别说出来"。但是，我的老朋友柯勒律治能同时做到这两点。夏天在山林里漫步，他可以一边兴奋地口若悬河、滔滔不绝，一边又能把这种美景写进一篇有教育意义的诗歌中，或者写成一篇朴实无华的颂歌。"他说出来比唱出来都好听。"

假如我也能够流利而又有文采地表达自己的想法，只怕我也希望身边也有一个同伴来和我一起颂扬那刚刚展开的话题。又或者说，只要我能听到他那依旧回荡在山林中的声音我就会更加心满意足。

这些诗人身上都含有"我们早期的诗人才有的纯朴的狂妄"，如果把他们的诗歌用一种稀有的乐器演奏出来，他们就会吟唱如下的旋律：

> "愿此处的树林
>
> 与别处一般翠绿，空气也是这样甜美，
>
> 像是有微风轻抚，微波荡漾；
>
> 河面流水匆匆，花开遍野，
>
> 犹如初春时那样茂盛艳丽；
>
> 这里生机勃勃，流淌着清澈的小溪与山泉，
>
> 忍冬花爬满了凉亭，岩洞和山涧；
>
> 你可以随处停歇，我就在你身边歌唱，
>
> 或者我来采摘灯芯草为你编一枚戒指，
>
> 戴在你修长的手指上，为你讲述爱情的传说。
>
> 容光淡然的月亮女神在林中狩猎，
>
> 一眼瞥见少年恩底弥翁，他的双眼
>
> 从此点燃了她心中生生不息的爱火。
>
> 在他熟睡之际，她把罂粟花贴在他的双鬓上，
>
> 把它带到古老的阿特莫斯山陡峭的巅峰，
>
> 每当夜色降临，她便用太阳的光芒，
>
> 装点山脉，然后俯下身来，
>
> 亲吻她的心上人。"
>
> ……

我并不反对在参观古迹、地下渠道和欣赏名画时，身边有一个朋友或游伴同行。刚好与前面所说的理由相反，这些事情都与知识和智力有关，有值得深入探讨的价值。这个时候，情感的表达不应该模糊不清，而应该坦荡利落，能够交流。

索尔兹伯里平原没有什么值得谈论的，但是人们可以怀念草原上的巨石圈，可以从艺术和哲学的角度研究它。和一群人出去游玩时，首先需要考虑的事情是该到什么地方，而独自一个人出游，想到的问题则是路上会遇见什么人。

"人的心灵便是旅程的终点站。"我们不必急于到达目的地，我们可以恰如其分地像当地的主人那样介绍艺术品。我曾经带朋友参观牛津，而且比较成功——远远地，我就把那座艺术的殿堂指给他们看，只见"闪闪发光的顶峰和豪华的塔尖"。

我赞颂着，院里绿草茵茵，大厅被石墙包围，一股浓郁的博学气息从学院与大厅之间散发出来。——在鲍得里安楼里畅所欲言；在布伦海姆，我的讲解令我们那位头戴用白粉装饰成假发的导游相形见绌，他用小棍在那些美妙绝伦的图画中只点出来一些平凡无奇的地方。

对于上面提到的各种理由有一个例外，那就是在国外旅游时，如果没有人陪同，我会觉得有点不踏实。我需要时不时地听点家乡话，英国人有一种思想，就是不由自主地排斥其他国家的风俗和思想，因此要有人与之共鸣才能克服这种不好的习惯。

离家越远，这种慰藉就会由原来的奢求慢慢地变成一种渴求与欲望。独行在阿拉伯沙漠，远离亲人和朋友，人们会感到沉闷窒息，看见雅典和古罗马时，不得不承认心中有很多感慨想倾诉，我也不得不承认金字塔真的是宏伟壮观，一个简洁的概念实在不足以描绘。

在这种情况下，一切都好像与人平时的观念背道而驰，自己一个人就似乎是一个种族，就像是从社会的躯体上卸下的一只臂膀，除非这时能获得友情和支持——然而有一次我并没有这种迫切的需求与渴望，那是我第一次来到法国，踏上那到处洋溢着欢笑的海滨。

加来这个城市充满了新奇和快乐，连那里乱七八糟混杂在一起的声音都很好听。在夕阳的余晖中，港口停靠着一只破旧的船，听着水手们轻轻地歌唱，我丝毫没有觉得是在异国他乡，我只嗅到了人类共有的气息。我漫步在"法兰西满是葡萄藤的山区和飘荡着笑声的平原"，顿时精神大振，心情爽朗，我没有目睹人民被锁在专制的王家宝座下、遭受压迫的情形，语言的不同也没有令我手足无措，因为我能领悟所有大画派的语言。

但是所有这些都像幻影一样化为乌有了，绘画、英雄、荣耀与自由，所有这些都消失了，只剩下波旁王朝统治下的法兰西人民！——在国外旅行，能感受到在别的地方没有的兴奋，这一点是确定无疑的，虽然这种感觉不能持久，但在当时却让人心情愉快。

这种情感与我们普通的日常生活截然不同，因此不能作为交谈或讨论的话题，而且就像梦境和其他某种生存状态一样，它也无法融入我们的日常生活。这是一种生动却转眼即逝的幻觉，我们只有通过努力，才能把正处于现实中的自己变成我们理想中的那样，为了再现那些曾经激动人心的时刻，我们就必须"跳出"现在安逸的生活和千丝万缕的各种关系。

人类浪迹天涯的浪漫个性是不能被驯化的。约翰逊博士在谈到曾到国外旅行的人的时候说过，出国旅行并没有提高他们的社交能力。事实上，我们在国外确实度过了一些很美好的时光，从某种意义上讲也很能教育人，可是与我们本质的生活状态却背道而驰，这两者永远无法结合。

当出国旅行时，我们就不再是我们自己，而是也许会变成另外一个更让人羡慕的人。我们离开了朋友，离开了自我。于是诗人才吟唱出如此优雅的诗句："离开祖国，离开自我。"如果想遗忘那些让人痛苦的思索，最好的办法是暂时离开那能触景伤情的事物以及与之相关的联系，然而只有生养我们的故乡才是我们安身立命的地方。

因此，如果我可以再活一次，我就要用今生的时间巡游世界，而在来生，我将永远守候在我的故乡！

我本平凡

致加西亚的一封信

文_科瑞恩·布朗

在所有与古巴有关的事情中，有一个人常常令我无法忘怀。

美西战争爆发以后，美国必须马上与西班牙反抗军首领加西亚将军取得联系。加西亚将军隐藏在古巴辽阔的崇山峻岭中——没有人知道确切的地点，因而无法送信给他。但是，美国总统必须尽快与他建立合作关系。怎么办呢？

有人向总统推荐说："有一个名叫罗文的人，如果有人能找到加西亚将军，那个人一定就是他。"

于是，他们将罗文找来，交给他一封信——写给加西亚的信。关于那个名叫罗文的人，如何拿了信，将它装进一个油纸袋里，封口，吊在胸口藏好，如何在三个星期之后，徒步穿越一个危机四伏的国家，将信交到加西亚手上——这些细节都不是我想说明的，我要强调的重点是：美国总统将一封写给加西亚的信交给了罗文，罗文接过信后，并没有问："他在哪里？"

像罗文这样的人，我们应该为他塑造一座不朽的雕像，放在每一所大学里。年轻人所需要的不仅仅是学习书本上的知识，也不仅仅是聆听他人的种种教诲，而是更需要一种敬业精神，对上级的托付，立即采取行动，全心全意去完成任务——"把信送给加西亚"。

加西亚将军已不在人世，但现在还有其他的"加西亚"。没有人能经营好这样的企业——虽然需要众多人手，但是令人吃惊的是，其中大部分人碌碌无为，他们要么没有能力，要么根本不用心。

懒懒散散、漠不关心、马马虎虎的工作态度，对于许多人来说似乎已经变成常态。除非苦口婆心、威逼利诱地强迫他们做事，或者，请上帝创造奇迹，派一名天使相助，否则，这些人什么也做不了。

不信的话我们来做个试验：此刻你正坐在办公室里——有六名职员在等待安排任务。你将其中一位叫过来，吩咐他："请帮我查一查百科全书，把克里吉奥的生平做成一篇摘要。"他会静静回答"好的，先生"，然后立即去执行吗？

我敢说他绝对不会，他会用满脸狐疑的神色盯着你，提出一个或数个问题：他是谁呀？他去世了吗？哪套百科全书？百科全书放在哪儿？这是我的工作吗？为什么不叫乔治去做呢？急不急？你为什么要查他？

我敢以十比一的赌注跟你打赌，在你回答了他所提出的问题，解释了如何去查那些资料，以及为什么要查的理由之后，那个职员会走开，去吩咐另外一个职员帮助他查某某的资料，然后回来告诉你，根本就没有这个人。当然，我也许会输掉赌注，但是根据平均率法则，我相信自己不会输。

真的，如果你很聪明，就不应该对你的"助理"解释，克里吉奥编在什么类，而不是什么类，你会面带笑容地说："算啦。"然后自己去查。这种被动的行为，这种道德的愚行，这种意志的脆弱，这种姑息的作风，有可能将这个社会带到"三个和尚没水喝"的危险境界。

如果人们都不能为了自己而自动自发，你又怎么能期待他们为别人服务呢？

乍看起来，任何一家公司都有可以分担工作的人选，事实真的如此吗？你登广告征求一名速记员，应征者中十有八九不会拼也不会写，他们甚至认为这些都无所谓。

这种人能把信带给加西亚吗？

"你看那个职员。"一家大公司的总经理对我说。

"看到了，怎么样？"

"他是个不错的会计。如果我派他到城里去办个小差事，他也许能够完成任务，但也可能中途走进一家酒吧。而到了闹市区，他甚至可能完全忘记自己是来干什么的。"

这种人，你能派他送信给加西亚吗？

最近，我们经常听到许多人对那些"收入微薄而毫无出头之日"以及"但求温饱却无家可归"的人表示同情，同时将那些雇主骂得体无完肤。

但是，从没有人提到，有些老板如何一直到白发苍苍，都无法使那些不求上进的懒虫勤奋起来；也没有人谈及，有些雇主如何持久而耐心地希望感动那些当他一转身就投机取巧、敷衍了事的员工，使他们振作起来。

在每家商店和工厂，都有一些常规性的调整过程。公司负责人经常送走那些无法对公司有所贡献的员工，同时也吸纳新的成员。无论业务如何繁忙，这种整顿一直在进行着。只有当经济不景气，就业机会不多的时候，这种整顿才会有明显的效果——那些无法胜任工作、缺乏才干的人，都被摒弃在工厂的大门之外。只有那些最能干的人，才会被留下来。为了自己的利益，每个老板只会留住那些最优秀的职员——那些能"把信送给加西亚"的人。

我认识一个十分聪明的人，但是缺乏自己独立创业的能力，对他人来说也没有丝毫价值，因为他总是偏执地怀疑自己的老板在压榨他，或者有压榨他的意图。他既没有能力指挥他人，也没有勇气接受他人的指挥。如果你让他"送封信给加西亚"，他的回答极有可能是："你自己去吧。"

我知道，与那些四肢残缺的人相比，这种思想不健全的人是不值得同情的。相反，我们应该对那些用毕生精力去经营一家大企业的人表示同情和敬意：他们不会因为下班的铃声而放下工作。他们因为努力去使那些漫不经心、拖拖拉拉、被动偷懒、不知感恩的员工有一份工作而日增白发。许多员工不愿意想一想，如果没有老板们付出的努力和心血，他们将挨饿和无家可归。

我是否说得太严重了？不过，即使整个世界变成一座贫民窟，我也要为成功者说几句公道话——他们承受了巨大的压力，引导众人的力量，终于取得了成功。但是，他们从成功中又得到了什么呢？一片空虚，除了食物和衣服以外，一无所有。

我曾为了一日三餐而为他人工作，也曾当过老板，我深知两方面的种种酸甜苦辣。贫穷是不好的，贫苦是不值得赞美的，衣衫褴褛更不值得骄傲；但并非所有的老板都是贪婪者、专横者，就像并非所有的人都是善良者一样。

我钦佩那些无论老板是否在办公室都努力工作的人，我敬佩那些能够把信交给加西亚的人。他们静静地把信拿去，不会提任何愚笨的问题，更不会随手把信丢进水沟里，而是全力以赴地将信送到。这种人永远不会被解雇，也永远不必为了要求加薪而罢工。

文明，就是孜孜不倦地寻找这种人才的一段长久过程。

这种人无论有什么样的愿望都能够实现。在每个城市、村庄、乡镇，以及每个办公室、商店、工厂，他们都会受到欢迎。世界上非常需要这种人才，这种能够把信送给加西亚的人。

谁将把信送给加西亚？！

大胆迈出你的第一步

文_贝利·斯密斯

想拥有成功的生活，必须迈出第一步。记得我十几岁时，也就是刚跨出高中校门的时候，就学到了这宝贵的一课。15年里，我迈出第一步的习惯造就了我今天的生活状态。

当时的情景是这样的，在位于加利福尼亚州的圣地亚哥海军新兵训练中心，我和其他15个新兵在烈日的照射下整整齐齐地站成一排。

严厉的教官高声喊道："我需要一个志愿者，请向前迈出一步。"在训练营要学会的第一件事，就是永远不要为任何事情做志愿者。当然，我并没有好好领悟这件事，便向前迈出了一步。

教官走过来，到几乎和我鼻子对着鼻子时才停了下来，他用一种低低的恶魔似的声音说道："波洛克，唯有真正的领袖才会迈步上前的，知道吗？"

约翰·F.肯尼迪在评价西奥多·罗斯福的一生时，更加生动地证实了这种思想。他说："荣誉属于那些身处现实竞技场中的豪杰，那些经受尘土、汗水及血迹洗礼的脸颊。他们了解伟大的激情及虔诚，并投身于有价值的事业。如果遇到了最好的情形，他赢了，他便会体验到伟大成就所带来的喜悦刺激；

相反，如果输了，至少他也敢于付出，所以他的地位永远不会与那些不懂成败的冷酷和怯懦的灵魂为伍。"

按照自己的方式享受生活，意味着习惯迈出第一步。你的心灵中有一首属于自己的歌。你是否愿意迈出一步，离开人群，唱响心灵之歌呢？你是否敢于与世界格格不入，追求自己的梦想呢？

表面看来，迈出一步是很危险而又寂寞的事情，事实也的确如此，然而这只需要短短的一瞬间就可以完成。不适的痛苦不久就会消逝，与之对应的是任何勇敢、新颖和有目标的行动所带来的力量、激情和兴奋。

你不久就会发现和你一样迈出一步的同行者。

他们是和你一样的人，厌烦了普普通通的人生。他们和你一样倾听着上帝的低语："这是你的生活，让你的生活变得精彩。"

这周就开始迈出一步吧，它并不需要什么惊天动地的举动。

或许你正在考虑开拓你的家庭副业，或许你对时事通讯产生了一个新的想法，或许你想参加某个课程培训。无论你的想法是什么，这周就迈出第一步吧！

迈出第一步，享受美好的一周吧！

这是你的生活，按照自己的方式去营造它吧！

信仰的无穷力量

"你再也不能走路了，你得坐轮椅。"医生残酷的"判决"如五雷轰顶，几乎将我击晕。我毫无心理准备，那一刻，一种从未有过的绝望感袭上心头。

那场灾难性的车祸使我不省人事，生命垂危。醒来时，我发现两条腿都打着石膏，为了帮助髋骨和骨盆愈合，我的左腿被牵引起来。虽然身上还有其他更严重的伤，但最令我担心的还是这两条腿。我是一位特种需求的教师，且天生好动，我无法想象自己被困在轮椅上的情形，更别说要成为残疾了。

我躺在床上不能动弹，只能默默祈祷。我就想，怎样让我10岁的儿子对他妈妈的康复怀有希望呢？每次他来看我，都很高兴，但我仍能从他眼中读到恐惧。他一定对妈妈即将成为一个彻底的残疾人有所预料，这种打击对他来说太沉重了。他需要希望的曙光：妈妈不会永远待在轮椅上。

我觉得这是有望实现的，我以切身经历告诉人们怎样去面对已降临的灾难。但是，这并不是一种无私的行为。除了治疗身体的创伤外，我还需把爱尔兰人的顽强注入体内——正是这种品质使我能够应对生活中最严峻的挑战。

不久，我就对身体上的不灵活失去了耐性，甚至对治疗专家给我定下的治疗速度也失去了信心。我下定决心要把他们教给我的一切都学会。每天，在护士查完最后一次房，我都违反医院的规章制度，自己学着挪步。我想让事情按我的意愿发展，不想自己的后半生拴在轮椅上。

首先，我学着从床上挪到轮椅上，这一个动作竟花了我几个星期的时间，我很怕摔倒，可我更怕永远这样躺在床上。我努力锻炼，好让胳膊变得有力起来，能让我从轮椅中撑起。但是，从轮椅上起来，再回到床上的这个过程更困难。可我还是很快找到了方法，我一手抓床单，一手抓牵引横杠。虽然这种方法不会赢得任何体操比赛，但很管用。我常想：如果医护人员看到我独自挣扎的情形，会怎样呢？

当我觉得自己可以从轮椅回到病床上时，就开始试着用助行架，那是先前的一位病友留下的。即使护士们发现轮椅和助行架换了位置，他们也不会说什么的。我想知道，我们之间是不是有一种不谋而合的默契：对独自秘密治疗我绝口不提，他们也都保持缄默。

每天晚上，只要我觉得没人会进来了或是我不会被人发现，我就开始用力抓住床的横杆，慢慢站起身，从床上挪到地板上。经过数周的艰苦努力，我感到自己的力气不断变大，信心也不断增强。继而是最后的挑战：两腿交替前移，每次挪一英寸。我甚至幻想着在学校的礼堂阔步前行，休假时玩躲球游戏，还能开车——这的确是宏伟的梦想，但我坚信：终有一天，我会摆脱轮椅，自己走路。

终于，我迎来了与我生命中最重要的人分享成就的时刻。一天晚上，在儿子照常来看我前，我已经独自坐到了轮椅上，并将助行架放在了面前。听见儿子与值班护士打招呼时，我努力挣扎着站了起来。当他开门时，我挪了几小步，他大吃一惊，不知所措，只是呆望着。我转身又回到病床，终于听到了我渴盼已久的话："妈妈，你能走路了！"此刻，一切的痛苦和恐惧都已不复存在。

现在，我可以自己走路了，偶尔会用一下拐杖。我可以自己乘公交车购物访友。生活中，我历经了许多转折点和成就，这些都让我无比自豪、倍感欣慰。但儿子说出的那几个字是最令我心满意足的。

永恒的美德

文_达里尔·F.柴纳克

　　我经历了两次世界大战，环游了世界的大部分地方，接触过很多当代的名人。如今，回想起这些丰富的阅历，我深感欣慰，因为它们肯定了我儿时在内布拉斯加州一个小镇上学到的那些基本价值观。

　　我发现有一点极为正确——儿时学到的很多美德在今天依然重要。岁月流逝，我和朋友们的想法与观点自然都有所变化，然而这不过是个人看待事物的方式改变了。就好比一个小男孩站在内布拉斯加平原上看山，山没有变，只是随着男孩的长大，他看山的角度发生了变化。

　　从此，为了从不同的角度看山，我总会试着围绕发现的每一座山走上一整圈。我认为，这就是诚实正直之人与愤世嫉俗者之间的区别。从不同角度看待事物，你就能更轻松地抓住生活的精髓；而当你仅从一个角度片面地观察世界时，就很可能会变得愤世嫉俗。

　　从我在内布拉斯加州瓦胡镇的童年时代起，直到今天，忠诚与仁爱这两种最基本的美德始终为我的生活带来莫大的慰藉。孩提时，我还学到了其他一些基本准则，但最重要的还是这两条。

在我看来，忠诚不只是一个简单的词，而且是一种生活方式。我所指的并不只是忠于家庭与朋友，还要忠于我们建国的基础，即诚实正直的价值观。我认为，忠诚这一必需的原则也意味着对我们内在自我的忠诚。

成长过程中，我曾几度叛逆，与生活中的很多基本观念背道而驰。但是，多次叛逆后，我想象着自己围绕内布拉斯加平原的那座山走了整整一圈，终于明白这些美德的确经得起时间的考验。

在逆境中给予我莫大安慰的另一个原则是仁爱。这是我们必须学习的美德。生活中的我很幸运，因为我能够乐善好施。行善者不应祈求回报，因为我们从行善中所得到的满足感便是最好的报答。

行善，必须真心诚意。否则，任何形式的给予皆是对生命本身极大的欺骗。

仁爱与忠诚深深感动着我的生命，为我生活的每一天带来极大的满足。每天临睡前，忠诚这一原则都会提醒我反省自己一天的行为，确保当日的所作所为没有为他人带来任何故意的伤害。

每天临睡前，我都会努力为自己对他人造成的伤害予以弥补。这无疑是种自私的行为，因为只有这样，每夜我才不会辗转难眠。

横看成岭侧成峰，人生亦是如此。无论是在伦敦、巴黎、罗马、开罗、纽约、好莱坞还是内布拉斯加的瓦胡镇，我所看到的美德始终不变。

感谢儿时在内布拉斯加学到的那些传统美德。我希望，我能永远对我所出生的这个国家满怀谦恭，心存感激，因为它给予了我生存的机会。

爱上你的工作

文_弗里达·马丁森

我们每天都会听到"跳槽"这个词。尽管你有这样的机会，但是一旦所有的改变都实现了，真的会使我们快乐吗？或许问题不在于"我们如何能找到喜欢的工作"，而在于"我们如何爱上目前的工作"。采取下面四个实用的步骤，来确定自己做现在这份工作的原因，花些时间想一想，你就会有惊奇的发现。

1. 要认识到：定义你的不是你的工作，而是你的工作方式。在这里，更多的话题应该说是针对态度，而不是意愿。任何工作只要能做好，就要开心、认真地去做。你的工作态度和为人处世的方式，甚至是你的心情，都不会被人忽视。这些都会给你的同事带来深刻的影响。你往往不能控制你的处境，但你可以选择如何去适应。

2. 不再关注钱。钱永远都不够多，所以不要再用钱（或是缺钱）当做借口。不管每月的15号和30号你带回家的是多少钱，你都会想得到更多的钱，做更多的事情。只要你的钱更多，你想做、能做的事情就越多。试着记下你每周花的每一分钱。看看你的钱到底花在了哪里，这样可以帮助你审视是否确实把钱花在了你想要的东西上。得到报酬只是你工作的一小部分，工作完成的意义远远超过了一张薪水支票。

3. 发现工作的重要性。这也许要求你志向高远，然而你可以做到。花些时间，好好想想你的工作。你的工作有意义吗？你看到成果了吗？一件事情的完成，你是否给过指导？然后问问自己："我的存在使这项工作有什么不同？"在个人满足和幸福方面，想象起着重大作用。试着回忆一下，当初为什么选择这份工作。如果仅仅是"缓兵之计"，那么，你还在积极地寻找其他工作吗？

4. 勇敢地询问自己的价值所在。如果你不能在工作中找到自己喜欢的那部分，或者你发现自己正朝那个你永远也不愿成为的人转变，考虑一下原因吧。也许你需要的不是一份新工作，而是一个新方向。你欣赏工作中的自己吗？如果答案是"不"，你能否转变一下工作方式，还是工作本身存在什么问题？你是否需要在你所在的公司里做不同职位的工作？附加的责任是否会使你离开你所负责的工作？或许这些都需要重新规定。学着说"不"。尽量选择那些你肯花时间去做的工作，不要只因为每个人都期望去参与一些事件或会议，你就去。

问自己为什么要做这份工作，并不表示你对其不满意，只是为了能有自知之明。知道了这一点，就能够引导你得到更大的工作满意度，增加满足感，更好地掌控你的工作，不再"跟风"。对于一些人来说，也许改变的时候到了。如果真是如此，也不要担心。改变不一定有坏处，仅仅是与之前有所区别而已。对于其他人，向四周看看，你会发现，你看到的风光更绚丽。

注视你的生活。你是怎样描述它的？满足？匆忙？令人兴奋？有压力？进步？还是倒退？许多人的生活时常是这样的。我们梦想着有一天去做一些事，同时也希望能忘掉一些事。《圣经》中说，耶稣的来临使一切脱胎换骨。如果你能以全新的面貌起程，那你的生活会呈现出怎样的景象呢？

天天向上

文_奥里森·马登

在圣赫勒拿,拿破仑曾对蒙托洛说:"亚历山大、恺撒、查理曼还有我自己都曾建立帝国,但我们天赋的创造基于什么之上?是武力。只有耶稣基督在爱的基础上建起了他的帝国,因而此刻有无数的人愿为他而死。我将提早离开人世,而我的躯体也将回归尘埃。这便是那个号称'伟大的拿破仑'的命运。在我深深的痛苦和耶稣基督永恒的帝国之间,有着怎样的一道深渊啊!那永恒的帝国表明了,爱慕与崇敬可以遍布整个地球。"

传说,所罗门(以色列国王)收到示巴女王所赠的翡翠瓶后,便在瓶内装满了只有他自己才知道配方的长生不老药,而这种药只需一滴便可无限地延长寿命。一个垂死的罪犯曾向他乞求一滴珍贵的灵药,但所罗门拒绝了,他不愿延长一个罪恶的生命。而好人去求灵药时,或被拒绝,或得到允诺却迟迟拿不到药,因为国王总会忘记或根本不愿打开瓶子,哪怕只是一滴药。最终国王病倒了,他吩咐仆人拿来翡翠瓶,发现里面的灵药早已全部蒸发。所以说,所谓的灵药通常都承载着我们的希望、信念、雄心和渴望。

一个垂头丧气的人无法拥有雄心壮志。上帝创造我们时,并没有给我们对于无法攀登的高度所需的热望和期待。乐观向上地生活,因为那些不曾得到的一切依然召唤着我们朝生命的巅峰前进,到伟大灵魂生活、呼吸、存在的地方去。生活就应该满怀热情。它不是懒惰的游戏，也不是可以轻易忘却的搞笑闹剧，它是严肃的现实，满载着比天上繁星更多的责任。你无法拥有太多的渴望，因为即使无法实现自己的理想，你的努力也不会付诸东流，而是会收获祝福。

终有一天，我们都会明白：财富、地位、权势等一切世间的浮华仅仅是过眼云烟，如果无法得到内心的那份宁静，一切外在的优势也不过是其悲惨境遇的笑柄而已。睿智的人会将心中自私的野心斩草除根。莎士比亚认为，应采取措施将这近乎罪恶的野心转变为一种美德。

当一个笨拙、暴戾、无能、懒惰的人满怀爱的力量，谁会注意不到呢？他会变得举止优雅、言语谦和、精力充沛。爱会激发出他内心的诗意。那或许只是一个念头、一种情感，但它起到了神奇的作用。我们并不知道是什么影响了他，但他发生了翻天覆地的转变。

然而，不要为了那些不切实际的目标而努力。的确，你有着巨大的潜能，但不能因此就想成为国王。在劳动生涯中被选为美国总统或英国首相的人又有几个呢？就算有无数年轻人想成为总统或首相，那又怎样？当你有能力争取这些令人向往的荣誉时，切记：你必须非常杰出，而且必须拥有最高等级的资格，否则，你就没有希望得到它们。

太多的人都被他们能力之外的野心所迷惑，或深受无法实现的渴望的折磨。当然，你可以满怀信心地在能力与权力方面变得杰出，前提是你必须在自身修养上打好坚实的基础。然而，那些专注于雄心的人和专注于科学的人，都容易变得狭隘、片面。达尔文年轻时，非常喜爱诗歌与音乐，然而当他投身于科学后，却惊讶地发现莎士比亚曾感受到的沉闷与无聊。他说，如果上天再给他一次生命，他会每天朗读诗歌，聆听音乐，以防失去欣赏这些美好事物的能力。

人永远无法超越他惯有的思维水平。偶尔骑上狂想的翅膀，畅游在无限的宇宙，是远远不够的。我们必须习惯在那里居住。伟人之所以成为伟人，是因为他们能毫不费力地坚守在别人艰难且偶尔才能到达的高度。不要让胆小懦弱的座右铭终日徘徊在你的耳旁，它们会压低你雄心壮志的声音或阻碍你的渴望。

在希望的引导下，我们一步步踏上神秘的阶梯，而这阶梯的顶端却不曾有人见过。虽然我们并没有发现希望的任何承诺，但在攀登中变得更为强壮，同时拓宽了生活的视野，这也是努力所得的回报。的确，如果不曾跟随希望的引导，我们就会在绝望的阶梯上慢慢滑落。因此要不断奋斗，让自己达到最佳状态。

警惕你的弱点正在毒害你

文_奥里森·马登

当醉汉的妻子反复催促他保证戒酒时，醉汉回答说："我过一会儿就保证，但我不想现在就戒，最好是慢慢来。"妻子说："非常好，没准儿你哪天会掉进坑里，没人会救你出来。"

不久之后，那个人喝醉了，真的掉进一口很深的井里，不过幸运的是，他的呼救声被他的妻子听到了，妻子说："我警告你的事情真的发生了吧？幸好我听到了，要不然你就被淹死了。"他抓住水桶，妻子用力摇动辘轳，但是当他快要到达井口时，妻子却松开手，他又掉进了水里。这种情形反复了好多次，最终他忍不住大叫："喂，我知道你是故意的。"他的妻子承认道："是的，我就是故意的。你忘了你曾跟我说过，凡事要慢慢来吗？我怕让你突然上来，你会不适应。"他别无他法，于是马上保证要戒酒。他的妻子立刻把他救了上来，不过警告他说，如果他再喝醉掉进井里，她是不会再理睬他的。

有一个人抓住了一只小老虎，决定把它当宠物养。小老虎长大了，像小猫似的可爱又温和，没有任何凶恶、残忍天性的迹象，看起来完全没有伤害性。但是有一天，这个人在与他的宠物玩耍时，老虎舔到了从他手上的伤口流出的血。就在舔到血的那一瞬间，老虎的凶残天性被唤醒了，它扑向主人，把他撕烂了。

有时，已经戒掉多年的酒瘾，会在品尝或闻到"恶魔溶液"时被唤醒，可怜的受害者就会发现，对于他原以为已经戒掉的酒瘾而言，自己就是一个无助的奴隶。

苏格拉底的妻子是个多疑狂暴的女人。有一次，她向苏格拉底发怒时，苏格拉底走出去，坐在门外。苏格拉底的平静和漠然更加激怒了她，她更恼火，冲到楼上，把一桶水倒在他的头上。苏格拉底只是笑笑，说："如此大的雷鸣声，一定会下暴雨的。"苏格拉底在与朋友亚西比德谈论自己的妻子时，朋友问他在家中是如何忍受这种长久的责骂的。苏格拉底回答说："我已习惯让自己认为这些责骂还不如街上马车的噪音，它们根本不会让我感到烦闷。"

坚强的人一向严格要求自己，他绝不允许低级的想法侵占他崇高的思想；他让激情成为自己的奴隶，绝不允许它们成为自己的主人；他遵从自己的理智行事，而不是自己的爱好。他训练自己的品质，始终使自己的生命之根深扎在土壤里，不允许它们影响自己的性格。他从不被偏好与冲动左右。他是自己的指挥官，即使在最强烈的欲望风暴中也不会偏航。

有一位著名的老师曾说过，当偏好与习惯对于幸福更加重要时，它们是可以训教的，就像拉丁语与希腊语可以学习一样。在很大程度上，我们是自己意志的创造物。不断地看到事物光明的一面；满怀希望地看待事物；坚信每天的每一个小时都是朝着和谐美满的生活发展的，而不去听那些不和谐的声音，忽视生活的丑陋一面；不断地引导思想朝向高尚、重要和真实的事物，这样我们就能很快养成好的习惯，创造美好的品格、和谐美满的生活。

我们是习惯的产物，通过了解它的形成规律，我们便能够在很短的时间内，在我们的身边建立起习惯网，使我们免受生活中丑陋、自私、可耻事物的影响。我们从生活中得到的真正的幸福与纯粹的满足感，实际上是自我控制的产物。它们是所有美德的伟大守护者，没有它任何美德都是不安全的。它是站在生命之门的哨兵，接纳朋友，排斥敌人。

微笑的力量

文_玛克辛·瑞德

在美国，安东尼·圣·埃克苏佩里的《小王子》几乎家喻户晓。小孩子觉得那是个神奇的童话，成年人则认为那是个哲理故事，发人深省。至于圣·埃克苏佩里的其他作品和故事，很少有人知道。

圣·埃克苏佩里是名空军士兵，参加过反纳粹战争，在执行任务时不幸身亡。"二战"前，他参加了西班牙内战，抗击法西斯，以此为素材，他写了篇感人至深的《微笑》。现在，我们就来回味这个故事。故事是否真实无从考证，我宁愿相信那是作者的亲身所历。

作者说，他被敌人俘虏并关进了监狱，看到看守那轻蔑的眼神、粗暴的态度，他肯定自己明天就会命丧九泉。下面，我根据我的回忆，用我的语言把这个故事讲给你们听。

"明天便是我的末日，一想到这儿，我就恐惧慌乱、狂躁不安起来。我翻遍所有的口袋，终于找到了一支烟。我的手颤抖着，好不容易才把它放到嘴里，但没有火柴，全被他们搜走了。

"透过铁栏，我看见外面的警卫。他并不看我，毕竟，我只是他们眼里的

214

一件'物品'、一具'尸体'。我冲他喊道: '能借个火吗? '他看着我,耸了耸肩,走过来点燃我的香烟。

"他靠近我,给我点火,无意间,他扫了我一眼,不知怎地,我笑了起来。也许是紧张,也许是人与人近距离接触时,很难不笑出来,不管出于何种原因,那一瞬,我笑了。这笑,犹如一朵跳跃的火花,打破了心灵的隔膜,拉近了两个人的灵魂。我知道他本来并没打算微笑,但我的微笑好像越过了铁栏,启动了他的双唇,他竟然也笑了。他帮我点燃了香烟,并未立刻离开,而是注视着我,依旧笑着。

"我也笑着,仿佛他是我的朋友,而非看守。他的表情似乎柔和了许多,'你有小孩吗? '他问道。

"'有,有,你看。'说着,我摸出皮夹,哆哆嗦嗦地掏出了家人的照片。他也拿出家人的照片,并开始讲述他的计划和梦想。我的眼里噙满了泪水,我说,我恐怕以后再也见不到家人,无法看着孩子长大成人了。听到这些,他也流下了泪水。

"突然,没有说一句话,他打开牢门,带我出去,悄悄地从后面的小路将我带出了城。在城市的边缘,他放了我,什么也没说,便转身回去了。

"是微笑拯救了我。"

是的,微笑是联结人与人之间自然、真挚、难以预料的纽带。在这里,我之所以讲述这个故事，是希望人们能认识到：为了维护尊严、头衔、身份、地位和形象，我们建立了层层保护屏障，来掩饰自己。在这些掩饰之下，人人都有一个真实的本我，姑且就叫它灵魂吧。我坚信，如果我们能以诚相待，世间将会成为友爱之邦，仇恨、嫉妒、恐惧会消失殆尽。遗憾的是，我们生活中精心建立起来的保护膜使我们彼此疏远了，失去了真正的交流沟通。圣·埃克苏佩里的故事，讲述了那个神奇的瞬间——那个人与人之间心际相通的时刻。

那个神奇的瞬间，我也曾历经过，比如，坠入情网，还有，看着婴儿的笑脸。为何我们看到婴儿就会绽放笑容？或许就是那不设防的心、那纯真的笑，顷刻间打破了我们的心理防线。

有爱的心永无寒霜

文_梅利莎·布莱克

岁月在古老的风车上留下了沧桑的印记。锈迹斑斑的车轮静卧在繁茂的草丛中。曾经生机勃勃的风车，在落日余晖的映照下犹如高耸的尖塔，了无生趣。

我已有15年未光顾我的农场了。然而，曾经的感觉还是涌上心头。我仍可以闻到新割的苜蓿的清香，仍可以感觉到冰冷的夏雨敲打着万物，还有那七月的暴风雨过后，阳光猛然照射在我淋湿的肩头的暖意。

不管是晴天还是雨天，我曾天天走过小径去探望葛丽塔姐姐。即使我和姐姐刚刚大吵一架后，她也能使我开怀而笑。我会帮葛丽塔做些家务。我们会畅快地品尝她自制的巧克力曲奇饼和冰淇淋。坐着轮椅并不妨碍她成为一名出色的厨师。

葛丽塔曾送给我两件最重要的礼物。首先，她教会我读书。教我用宽容的心去对待与我发生争执的姐姐。让我不再有受过伤害的委屈感，反而使我的心情更加愉悦舒朗。

葛丽塔的丈夫逝世后，当地的银行家丁肯先生曾要收回抵押给银行的房子和土地。多亏爸爸和约翰叔叔，才使葛丽塔保住了这一切。爸爸说，帮助这样一位能教会我读书识字的聪明人，这不过是件他力所能及的、微不足道的小事而已。

不久，数英里外的人们都赶来买葛丽塔做的蛋糕、馅饼、面包、小甜点、苹果汁和冰淇淋。每周，杂货店的老板汉克都要来她这儿买一些食品，以丰富货架。

丁肯先生也成为葛丽塔的顾客和朋友，葛丽塔甚至让我给他也送去一个大苹果馅饼。她就是这样一个人，能把任何人都变成朋友！

葛丽塔总是说："亲爱的，要走在阳光里!"每天，不管开始有多么糟糕，从她的家走出来，都会感觉像走在阳光下，即便是走在冬夜的星光里。

这天，太阳刚刚落山，我到了葛丽塔的家。看到一辆救护车停在她门前几英尺外，车上的红灯不停地闪着。当我冲进那所旧屋子时，葛丽塔立即认出了我。

她用那双令人难忘的深邃的蓝眼睛望着我，用手轻触我的手臂，已经奄奄一息了。最后，她对我说了一句："亲爱的，要记住走在阳光里!"

我坚信，葛丽塔正漫步于她曾见过的灿烂阳光中。我也坚信，她能听得见我在追悼会上为她祷告的每一个字。

我选了一首利奥·巴斯卡格里亚写的优美的诗，就是多年以前葛丽塔曾教我读的那首：

　　爱可以历久弥新，华发会失去原有的光彩，双颊会日渐暗淡。然而，有爱的心永无寒霜冰冻，只有永存的夏之温热。

人人都喜欢真实的你

文_弗兰·罗杰斯 / Fred Rogers

　　小时候，我最喜欢在爷爷的农场里度过每一个星期天的下午，爷爷家在宾夕法尼亚州的西部。农场四周都围上了石墙，绵延数十里。房子和谷仓给我这个来自城市的男孩带来了无尽的乐趣。我习惯了城市里整洁如一的客厅，它似乎总在肃然警告："不许乱碰！"

　　记得我八岁那年，第一次去农场，就非常希望能爬上农场周边的石墙。但我知道，父母是绝对不会同意的。这些墙年代很久远了，有些石头都不见了，还有些已经松动或粉碎。但是，我渴望爬上这些墙的欲望如此强烈，终于在一个春天的下午，我鼓足勇气，走进客厅，大人们午餐后都会聚集在这里。

　　"我，呃，我想爬那些石墙。"我犹犹豫豫地说。大家都抬起头来。"我可以去爬那些石墙吗？"屋内的女士们立即异口同声地说道，"天啊，不可以！"她们惊慌地叫道，"你会伤着自己的！"我并不十分失望，这是我意料之中的结果。但就在我要离开客厅时，爷爷低沉的声音让我停了下来，"等一会儿，"我听见他说，"让孩子去爬石墙吧，他必须学会自己去做事。"

　　"快走吧，"他对我眨了眨眼，说道，"回来后找我。"接下来的两个半小时里，我爬上这些古老的石墙，开心极了。后来，我把自己的历险经历告诉

220

了爷爷。我永远也不会忘记他对我说的话，"弗雷德，"他笑着说，"你让这个日子变得非常特别，只因为你做了一回自己。永远记住，整个世界只有一个你，我喜欢真实的你。"

许多年过去了，如今，我主持的电视节目《罗杰斯先生的邻居坊》，全美国有数以百万计的儿童在收看。随着时间的推移，节目发生了一些变化，但有一点始终没变——每期节目之后我都会传递给孩子们这样一个信息，"这个世界上只有一个你，"孩子们总会听我说，"人人都喜欢真实的你。"